Viktoria Ruika-Franz

Die Federkielhexe

Illustrationen
von Manfred Bofinger

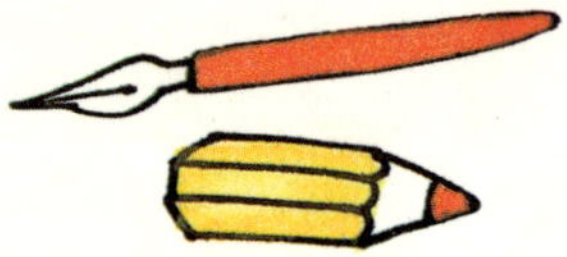

Viktoria Ruika-Franz

Die Federkielhexe

Der Kinderbuchverlag Berlin

In Fitas Garten

Es war einmal eine Frau, die hieß Fita. Sie hatte eine fleißige eigensinnige Mutter, die die Leute Babuschka nannten, einen schweigsamen störrischen Mann namens Klaas, der von früh bis spät bei der Post seinen Dienst tat, und Ali, ihren wildsanften Sohn, rank wie ein junger Süßkirschenbaum. Ali lernte Buchdrucker.

Was hatte Fita noch? Den auf Cremetorte versessenen Hund Lilli, dann Oldi, den grauen Kater mit blauen Augen und zerfranstem Ohr – dazu Arbeit noch und noch.

Sie wohnten alle miteinander in einem schmalen, altersgrauen Mietshaus in Klappershausen, auf dem die Dachziegel klapperten, wenn der Wind ging. Im Keller stand ein großer löchriger Heizofen, ein nimmersatter Kohlenfresser. Und der Putz fiel von den Wänden.

Das Haus aber stand in einem Garten. Wie schön war der im Sommer. Eine schwarzgrüne Tanne wuchs dort, die hielt ein Nest in den Zweigen, darin hauste ein Elsternpaar. Am Zaun stand dichtes blau und weiß blühendes Fliedergebüsch, in dem eine Amselfamilie nistete und sommers verliebte Nachtigallen dem Sternenhimmel Lieder vom Glück vorsangen. Die Mitte des Gartens bildete ein grünsterniger Ahornbaum, dessen dicker gerillter Stamm kraftvoll aus dem Boden stieß und das mächtige grüne Blätterdach wie einen hohen Sonnenschirm über den Garten hielt. Eine junge Eiche, zierlich, grünlockig, warf herbstens ihre Früchte ins Gras, und die Hasen und Eichhörnchen kamen in der Nacht und naschten. Haselsträucher, einen Walnußbaum, immergrüne Hekken und Porzellanrosen, Butterblumen, Tausendschön, Maggibüsche, Petersilie und Dill gab es da. Auch Disteliges sowie Brenn- und Taubnesseln, Feldstiefmütterchen, Sauerampfer und Wegerich.

»Ihr müßt wieder mal Unkraut jäten«, pflegte Onkel Paul zu sagen, der sonntags zu Besuch kam und nach dem Essen seinen runden weißen Bürobauch in die Sonne legte.

»Un-Kraut?« erwiderte Fita wütend. »In jedem Kraut steckt ein Sinn.«

Fita nahm es mit Worten genau und ging ihnen auf den Grund. Sie liebte Wörter so, wie andere Leute Schlagsahne, Briefmarken oder Motorräder lieben, nur viel mehr. Sie lief ihnen nach und fing sie ein – die guten, häßlichen, lustigen, freundlichen, boshaften – und schrieb sie in viele dicke und dünne Hefte. Ach, wie gerne knackte Fita Wortkerne auf. Manche schmeckten bitter, andere fade, einige wie Marzipan oder wie Vanille. Fette gab es und karge, heiße und froststarre, riesige und zwergige.

»Wörter sind lebendig. Man kann Gärten aus ihnen zaubern und Irrgärten. Niemand kennt sie alle«, pflegte Fita zu sagen.

In freien Stunden legte sie sich unter die alte Tanne in der verwilderten Gartenecke, schaute durch die Zweige hindurch in den Himmel und spielte mit Wörtern. Allerlei Sprachwunderlichkeiten, die ihr in den Sinn kamen, ließ sie von den Lippen in den Tag hineinrollen und freute sich an ihnen wie ein Jongleur an seinen durch die Luft wirbelnden Bällen. Zauber- und Schreckwörter, Schmeichel- und Ehrenwörter, Witz- und Scheltwörter, Liliput- und Riesenwörter wußte sie in großer Zahl. Die Vögel, die in der Tanne wohnten, hörten ihr zu und spektakelten fröhlich.

Ein verrückter Morgen

An jenem Winterdonnerstag stand Fita schon um vier Uhr auf. Sie mußte in die Universität zu ihrem Professor Pencilpick, dem großen Sprachgelehrten, dessen fleißige Wortsammlerin sie war. Der Sohn Ali hatte Frühschicht, und Fitas Mann ging wieder einmal zum Treffen der Postmeister. Da hieß es sich sputen. Kalt war der Morgen. Die Ziegel auf dem Dach schüttelten sich im Frostwind, Schnee fiel durch die Dezemberluft, und der Ofen riß den schwarzen Rachen auf.

Was war das nur für ein Tag! Im Badezimmer brach ein Rohr, und während Fita wischte, verbrannten auf dem Herd die Spiegeleier, die Milch kochte über, und Oldi nahm ohne Erlaubnis einen Bückling vom Frühstückstisch. Ali suchte mit Krakeel seine Stiefel in allen Winkeln des Hauses, unterstützt von Babuschka, während Fitas eiliger Mann Klaas im Stehen einen dreifachen Kaffee trank, der ihm wie ein Schuß ins Herz knallte. Der Hund Lilli kroch aus der Hütte, gähnte dösig, schüttelte sich und kläffte: »Wo bleibt meine Torte?«

Fita warf den Scheuerlappen in den Eimer, biß sich vor lauter Zorn in den Daumen und stampfte mit dem Fuß auf.

Als die Männer davongaloppiert waren, Fita ihnen einen Schwarm Kußhände nachgeschickt und der Schneestaub auf der Straße sich gelegt hatte, schrubbte sie die Dielen in dem baufälligen Gemäuer, wobei sie Zornwörter aus Heft 13 ihrer Sammlung vor sich hin murmelte: »Verflixt und zugenäht! Dunnerhagel und Wolkenbruch! Da möchte man gleich schwarz werden!...«, denn Rücken und Hände schmerzten ihr von der Hausarbeit. Sie fegte noch schnell den verschnei-

ten Torweg und die Straße. Als sie an der alten Tanne vorbeikam, hörte sie die Elstern miteinander tratschen. Sie schaute auf und sah, wie ein längliches Ding durch die Luft sirrte und sich in die Schneedecke zu ihren Füßen bohrte. Fita bückte sich.

Es war ein kräftiger Federkiel, schwarz und weiß gemustert mit kräftiger Spitze. Sie wollte ihn aufheben. Als sie ihn aber berührte, wuchs er in die Länge und in die Breite. Dabei zischte er wie eine Rakete vor dem Abflug. Überrascht lachte Fita auf, klatschte in die Hände, setzte sich rittlings auf den Kiel und schwebte auf ihm empor. Oh, das war nach Fitas Geschmack: fliegen, durch die Luft sausen, daß ihr der Wind um die Ohren pfiff. Sie streifte die Krone des alten Apfelbaumes und fegte den Schnee von seinen Zweigen. »Wach auf, Alterchen!« rief sie übermütig, während aus der Spitze des Federkielluftfahrzeuges knisternd ein blauer Funkenregen stob. Mit Staunen sah sie, daß auf dem schwarzen Geäst grüne Blätter und weißrosa Blüten sprossen.

Bin ich etwa eine Hexe? dachte Fita. Nur Hexen können auf einem Federkiel fliegen und es mitten im Winter blühen lassen.

Die neue Liederhexe

Dicht unter dem Wipfel der schwarzgrünen Tanne, in der das Elsternpaar wohnte, blieb das Gefährt in der Luft stehen. Fita sprang ab und setzte sich zu den Vögeln auf den Nestrand.

»Guten Tag!« sagte sie.

»Willkommen, Fita!« antwortete die Elster. »Ich heiße Karoline.«

Fita wußte nicht, wie ihr geschah. Wie kam es, daß sie plötzlich die Sprache der Vögel verstand? Fröhlich und seltsam war ihr zumute wie nie im Leben. Lieder spürte sie in ihrer Kehle, die wollten hinaus. Ringsum in den Bäumen, Hecken, auf dem Zaun saßen aufgeplusterte Federbällchen, die blankäugig zu ihr hinüberschauten. Fita öffnete den Mund, und wie von selbst kam ihr ein Lied über die Lippen.

Guten Tag, ihr Vögel!
Guten Tag, ihr Verwandten,
des Windes Gesandten!
Im frechen Schnabel,
im bunten Gefieder
nur Töne, nur Lieder.

Ihr Aufpicker von Kernen
und vielerlei Samen.
Mögen euch nie
die Schwingen erlahmen.
Und geht's zu den Sternen,
bin ich dabei.
Will den Stürmen vertrauen
und mein Nest, so wie ihr,
im Schwankenden bauen.

Karoline schlug begeistert mit den Flügeln.

»Das war ein schönes Begrüßungslied!« quarrte Karl, ihr Ehemann. Und von der Eiche, dem Ahorn, den Nußbäumen und aus der Hainbuchenhecke kamen Meisen und Spechte, Amseln und Spatzen, vielgestaltiges Federvolk, das Fita umflatterte, sich dann auf der Tanne niederließ und einen kunstvollen Kanon anstimmte. Wie das sang, zwitscherte, pfiff, flötete und tirilierte. So lebensfrohe Töne drangen aus den Vogelkehlchen in die starre Winterluft, daß Fita Herzklopfen bekam und der graue Himmel über dem Garten aufleuchtete. Nach dem Konzert verschaffte sich Elster Karoline mit einem kräftigen Schlag ihrer Flügel Gehör.

»Wir sind dir eine Erklärung schuldig«, sagte sie. »Unsere Liederhexe, die gute Diedeline, wird bald neunhundertundneunundneunzig Jahre alt und liegt sterbenskrank im Hospital. Sie dichtete uns viele Lieder. Nun kann sie nicht mehr auf dem Federkiel durch die Welt reisen, und es fallen ihr keine Lieder mehr ein. Jeden Tag verliert sie mindestens drei Wörter aus dem Gedächtnis. Wir Vögel sind in großer Not. Wenn wir keine neuen Lieder singen, werden wir traurig, können nicht mehr fliegen und fallen wie Steine vom Himmel.

Dann hat der Magier Sarabo leichtes Spiel. Mit seinen sieben Söhnen bläst er auf goldenen Flöten sein magisches Vogelfängerkonzert. Die Musik ist so einschmeichelnd, daß die Vögel ihr verzaubert folgen, bis sie in Scharen in den Fangnetzen landen und zur Beute des Magiers werden. Ach, mancher Nistplatz in unserem Garten blieb leer, die Bewohner kehren wohl nie zurück. Schau, dort wohnte Amsel Tini mit ihren Schwestern.«

Fita folgte dem Blick der Elster und entdeckte im Heckengebüsch des Flieders und der Hainbuche die verwitterten Vogelnester.

Elster Karoline räusperte sich und lupfte betrübt die Flügel. Dann musterte sie Fita scharf und sagte: »Wir brauchen unbedingt eine neue Liederhexe, die für uns dichtet. Ihre Lieder aber müssen so schön und von solcher Kraft sein, daß Sarabos Geflöte sich dagegen wie mißtönige Katzenmusik anhört, der kein Vogel folgt... Ich frage dich, Fita, willst du das Hexenamt übernehmen?«

»Ich? Ja aber...« Fita verschlug es die Sprache. »Wieso soll gerade ich eure Liederhexe sein?«

Karoline plusterte sich Luft unter die Federn und erwiderte: »Seit vielen Jahren wohne ich mit meinem Mann Karl im Tannennest deines Gartens. Wir hörten dir bei deinen Wortspielen zu und schauten zum Fenster hinein, wenn du an der Wortsammlung schriebst und die Nase in deine sechsundsechzig Hefte stecktest. Du kennst fast schon so viele Wörter wie unsere Diedeline und gehst behutsam mit ihnen um, als wären es Nachtigalleneier. Das mögen wir. Außerdem hast du Augen wie ein Baumfalke, Ohren wie ein Käuzchen und das liebevolle Herz der Ringeltaube. In deinen Worten steckt Zauberkraft und zärtliche Gewalt. Sonst hättest du den alten schlafenden Apfelbaum nimmermehr mitten im Winter zum Blühen gebracht.«

»Jaja, und fleißig ist sie obendrein. Ohne Fleiß keine Lieder!« ergänzte Elsterich Karl die Rede seiner Frau.

»Willst du also das Hexenamt übernehmen?« fragte Karoline streng.

Die Vögel saßen still in den Zweigen. Da faßte sich Fita ein Herz und sagte: »Ja!«

»Schwöre es! Sprich mir nach!« sagte Karoline feierlich.

»Ich will meine Hexenpflicht treu erfüllen, Lieder für das Vogelvolk schreiben, so gut ich es vermag, meinen Federkiel niemals, auch nicht für den höchsten Preis der Welt verkaufen, sondern ihn sorgfältig bewahren und fleißig nutzen.«

Kaum war ihr das letzte Wort von den Lippen, als sich die Vögel singend in die Lüfte erhoben: die Krähen und Raben, Amseln und Tauben, Meisen und Spechte. Und Hexe Fita folgte ihnen auf dem Federkiel, landete übermütig in den Baumkronen, fegte den Schnee von den Zweigen, schoß Purzelbäume und schwang sich schließlich auf den Rand einer puschligen grauen Schneewolke. Die Sperlinge nahmen Platz auf ihren Schultern, lärmten und balgten sich. Schwäne kamen geflogen und ließen ihre starken Stimmen ertönen. Taubenschwärme flatterten empor, Adlerpaare rauschten vorüber, von Falken und Hähern gefolgt, und die Schleiereule führte mit ihren siebzehn Töchtern über dem immergrünen Lebensbaum einen Schleiertanz vor.

Der Alarmruf des Eichelhähers unterbrach das festliche Treiben. »Feuer! Feurio!«

Die Vögel schwirrten auseinander. Fita sah, daß aus dem Küchenfenster ihres klapprigen Hauses schwarzer Rauch quoll. Holterdipolter flog sie auf dem Federkiel abwärts.

Professor Pencilpick wundert sich

Als Fita in die Küche stürzte, tanzte der glühende Teekessel auf dem Kochherd. Das Wasser in ihm war verdampft, seine Farbe verbrannt, der Plastehenkel verschmort.

»Das stinkt ja fürchterlich!« rief Fita entsetzt, drehte das Gas aus, packte den rumorigen Kessel mit der Kohlenzange und steckte ihn in den Ascheneimer. Der Hund Lilli heulte, sein Rückenfell war zur Bürste gesträubt. Kater Oldi sauste mit schreckgeweiteten Augen in den vor dem Küchenfenster rankenden Weinstock. Fita, die sich an der Rechten die Finger versengt hatte, hielt sich mit der Linken die Nase zu und schrie: »Äks! Bäks! Pfui! Puh! Das riecht wie Stinkadoris und Bock! Einfach pestilenzialisch!« Mehr Wörter aus dem Heft 7 über Gerüche aller Art fielen ihr vor Schreck nicht ein. Und als dann noch die Babuschka den Kopf zur Küchentür hereinsteckte und fragte, ob Fita heute gar eines der schwierigen chinesischen Rezepte ausprobiere, es dufte so sonderlich, da sagte Fita gar nichts mehr, sondern sprang ins Badezimmer unter die Dusche und wusch sich den Ruß vom Leibe.

Wie spät es schon war! Sie konnte unmöglich Herrn Professor Pencilpick warten lassen. Rasch warf sie Kleid und Jacke über und packte das Arbeitsheft in die Umhängetasche. Pencilpick erwartete gewiß mit Spannung ihre neue Wortsammlung. »Finden Sie bitte heraus«, hatte er letztens zu ihr gesagt, »welche Namen es für die Blume gibt, die wir Löwenzahn nennen.« In dem dicken neuen Wörterbuch, an dem

Pencilpick schrieb, durfte kein einziges Wort fehlen. Wie hatte Fita gesucht! Sie war quer durch das Land gereist, hatte die Bauern, Gärtner, Fabrikarbeiter, Doktoren und Kinder gefragt und genau einhundertundsiebenundzwanzig verschiedene Namen des Löwenzahns gefunden, die sie in ihr Heft einquartiert hatte. Dort saßen sie nun und warteten auf ihren Umzug in Pencilpicks dickbauchiges Lexikon.

Eine Stunde später, nach einer rumpligen Fahrt mit der Stadtbahn, betrat Fita eilig den Hof des stattlichen Gebäudes, in dem der Professor junge Leute fremde Sprachen lehrte. Sie stieg die Treppe zum ersten Stockwerk hinauf, durchschritt den frisch gebohnerten Korridor und klopfte etwas abgehetzt an die Tür mit dem Schild: Professor Doktor Pencilpick.

Der gelehrte Mann saß hinter dem Schreibtisch, musterte Fita aus freundlichen Augen und sagte: »Nehmen Sie Platz, Kollegin. Darf ich bitte Ihre Wortsammlung sehen?«

Wie immer stotterte Pencilpick, den seine Schüler mit Hochachtung »den Alten« nannten, bei jedem Satz. Fita mochte ihn sehr und beobachtete gern sein Stottern und Räuspern. Sie wußte, das kam von seiner übergroßen Liebe zu den Wörtern. Leute gibt es, denen fallen die Wörter aus dem Mund wie Erbsen aus einem zerplatzten Sack. Pencilpick aber drehte und wendete die Wörter in seinem Kopf, nahm sie vorsichtig in den Mund, ließ sie mit übergroßer Sorgfalt von den Lippen, geriet davon ins Stottern und ähnelte dann, weil ihm das die rote Hitze in den Kopf trieb, einem aufgeregten Truthahn.

Fita schlug das Arbeitsheft auf. »Die Gärtner und Gelehrten nennen den Löwenzahn Taraxacum officinale«, sagte sie.

Pencilpick nickte. »Das ist bekannt«, sagte er.

»In manchen Gegenden«, fuhr Fita fort, »nennt man ihn

aber auch Kuhblume, Hundeblume, Saublümle und Teufelsblume. Auch Butterblume, Schmalzblume oder Eierbusch! Ein Bauer gebrauchte die Namen Milchbusch und Pampelblume. Aber auch Pißblümchen, Bettbrunzersalat oder gar Bettschisser sagen manche Lästermäuler.« Fita platzte heraus.

Auch der Professor schmunzelte hinter dem vorgehaltenen Taschentuch.

»Und sonst?« fragte er streng.

»Sonst noch: Saupoppel, Lichterblume, Lampe, Laterne, Pusteblume, Pumperlitschka und Franzosensalat ... Ein kleiner Junge, der auf der Wiese einen Strauß Löwenzahn für seine Mutter pflückte, nannte die Blume Kindersonne. Den Namen hatte er selbst erfunden.«

»Ein treffendes Wort!« sagte Professor Pencilpick begeistert. »Geben Sie her!«

Fita reichte dem Gelehrten das Arbeitsheft.

Pencilpick las die Liste durch und war sehr zufrieden.

»Sie sind meine beste Wortsammlerin«, sagte er. »Ich ernenne Sie zu meiner Oberwortsammlerin und Stellvertreterin. Wenn ich dereinst einen weißen Bart habe, übernehmen Sie mein Amt.«

Fita blieben die Worte weg. Im stillen hatte sie das längst erhofft. Viel Ehre hing an den Worten des Professors und – auch ein Stückchen mehr Geld ... Ihr fielen der Kohlenfresserofen, der schadhafte Putz an der Hauswand und die ausgefransten Hosen ihres Sohnes Ali ein. Endlich würde es ihr ein wenig besser gehen. Sie öffnete den Mund, wollte danke, Herr Professor! sagen, als sie einen scharfen Stich am linken Rippenbogen verspürte.

Der Federkiel. Richtig. Er stak in der Jackentasche. Gleich fiel ihr das morgendliche Abenteuer im Garten ein, das Nest des Elsternpaares, der Hexenschwur, die Amsel Tini, der Magier Sarabo... Sie mußte sich entscheiden. Entweder wurde sie amtliche Oberwortsammlerin und Stellvertreterin Pencilpicks, oder sie hielt sich an ihren Schwur und bemühte sich, eine gute Federkielhexe zu werden.

»Es geht nicht... Keine Zeit... Weil... Ich bin nämlich eine Hexe...« stotterte sie, lächelte verlegen, errötete, sprang vom Stuhl, küßte den entgeisterten Professor auf die Stoppelwange, daß ihm die Brille von der Nase fiel, rannte den Korridor entlang, einen Bohnerbesen umreißend, verstauchte sich auf dem Treppenabsatz den Fußknöchel und sprang auf das Trittbrett des vor dem Gebäude startenden Omnibusses mit der Nummer 9. Sie drängelte sich durch die Tür, suchte nach Münzen für die Fahrkarte in ihrer Jackentasche, wobei ihr der Federkiel zwischen die Finger geriet, der sich schnurstracks in ein Flugmobil verwandelte und seine Besitzerin vor den erschrockenen Augen der Fahrgäste durch das Dachschiebefenster des Busses steil in Richtung Großstadthimmel beförderte, aus dem weiße Schneesterne fielen. Weder die rote Ampel noch die Pfiffe des Verkehrspolizisten konnten sie stoppen. Und während sie dahinflog mit roter Nase und brennenden Wangen, sang sie ein neues Lied, das ihr aus dem Herzen quoll und dem die Leute auf der Straße verwundert zuhörten:

Pumperlitschka

Pumperlitschka, Butterblume,
sei mein Bote, mein Gesell,
leuchte mir die grauen Wege,
leuchte mir die Wege hell.

Zauberwörter will ich finden
und sie sacht zu Liedern binden.
Sehend machen sie den Blinden,
grade machen sie den Krummen,
klüger machen sie den Dummen,
geben frische Kraft dem Schwachen,
wandeln Tränen um in Lachen,
zwingen Tod und Teufel nieder.
Kommt und helft, ihr Zauberlieder,
daß die Vögel leben, singen
und sich in die Lüfte schwingen.

Pumperlitschka, Lichterblume,
sei mein Bote, mein Gesell,
leuchte mir die grauen Wege,
leuchte mir die Wege hell.

Amsel Tini in Sarabanda

Sicher und behaglich war das Nest im Fliederbusch der Hecke, wo Amsel Tini und ihre Schwestern Zita und Zensi in freundschaftlicher Nachbarschaft mit einer Nachtigallenfamilie gelebt hatten. Wie wohl fühlte sich Tini in dem grünen duftenden Garten, wo sie jeden Tag einen reichlich gedeckten Tisch vorfand, wo sie sommers nach dem Gewitterregen unter dem Schneebeerenstrauch in den blanken Wasserlachen badete, der Mohn so feuerrot blühte und Bienen, Schmetterlinge und Libellen sich des Lebens freuten. Selbst Kater Oldi, der manchmal stundenlang unter der Hecke auf der Lauer lag, konnte das friedliche Leben der Amsel nicht ernstlich stören, da Elsterich Karl mit Hilfe des klugen Eichelhähers und des alten Buntspechtes ein erstklassig funktionierendes Alarmsystem eingerichtet hatte, das den Kater immer rechtzeitig ankündigte.

Es gab eigentlich keinen Grund für die Amsel, das heimatliche Nest zu verlassen. Sie hätte gemütlich im Heckengebüsch überwintern können. Jedoch wußte sie aus den Erzählungen der Nachtigallen manches von fremden warmen Ländern, wo Oleandersträucher weiß und rot blühten und der Föhnwind in den grünblanken Zitronenbäumen spielte. Ach, Sehnsucht nach der Ferne hatte Amsel Tini gepackt, und als im Herbst die Blätter des Ahornbaumes rot und gelb zur Erde schwebten, als kalter Wind zu blasen begann und die Wandervögel von Reiselust ergriffen wurden, hielten es die Amselschwestern Tini, Zita und Zensi nicht länger im Fliederbusch aus, und sie folgten den Nachtigallen, die in Schwärmen nach Süden zogen.

Wie schön war es doch, so über die Welt dahinzufliegen! Eines Tages überquerten die Vögel einen Meeresarm und gerieten in ein Gewitter, das sie mit Blitz und Donner, mit Sturm und Regen durchbeutelte, so daß sie sich in den düsteren Wolkenschwaden verirrten. Erschöpft und durchnäßt, vermochten sie kaum, sich in der Luft zu halten. Da vernahmen sie plötzlich sanftes Getön, süßes Flötenspiel, so wundersam, daß sie wie im Traum den Klängen folgten. Bald erblickten sie eine goldene Stadt, die im Licht glimmerte, und die lockende Musik, die sie in ihren Bann schlug, drang aus ihr hervor.

Die Vögel glaubten sich gerettet. Mit letzter Kraft strebten sie den Dächern der Stadt zu.

Amsel Tini war so erschöpft, daß sie dem Zug kaum folgen konnte und als letzte flog. Sie ahnte nicht, daß dies ihre Rettung bedeutete. Denn als sich der große Schwarm auf den Dächern niederließ, fielen engmaschige Netze auf die Vögel herab, in denen sie sich verfingen. Nur Amsel Tini blieb verschont. Vor Schrecken halbtot, stürzte sie in eine Hecke, in deren Gezweig sie sich verbarg.

Ein furchtbarer Verdacht breitete sich in ihr aus: War sie etwa in die Stadt des grausamen Magiers Sarabo, des berüchtigten Vogelfängers, nach Sarabanda, geraten? Was tun? Wie sich retten?

Die Amsel nahm sich vor, bis zum Abend in der Hecke zu warten und später im Schutze der Dunkelheit die Stadt auszukundschaften.

Als die Dämmerung kam, flog Tini in niedriger Höhe vorsichtig durch die Straßen und gelangte bald vor einen festlich erleuchteten Palast. Oh, das war gewiß das Schloß Fortissimo, die Wohnstatt des Magiers. Eben wollte sich Tini auf dem Sims niederlassen, als sie hörte, wie ganz in der Nähe jemand mit schwacher Stimme um Hilfe rief.

Die Rufe schienen aus den Haselsträuchern zu kommen, die an der Palastmauer wuchsen. Vorsichtig flog sie hinzu und sah ein Eichhörnchen, das halb erstickt in einer feinen Garnschlinge hing. Rasch löste sie mit Hilfe ihres spitzen Schnabels die Fesseln.

Das Eichhörnchen, es hieß Ricki, rieb sich den schmerzenden Hals und sagte: »Wie kann ich dir nur danken, liebe Amsel!« Ricki erzählte, daß er ein paar Haselnüsse für Frau und Kinder hatte pflücken wollen. Dabei sei er in des Magiers

Falle geraten. »Sarabo läßt alle Eichhörnchen ringsum fangen, um sie für sein Jubiläumsfest zu dressieren. Da sollen wir kostümiert, maskiert und mit Schellen an den Schwänzen Seiltänze, Höhenakrobatik und Narrenpossen verschiedenster Art vorführen. Blamabel! Wie mir das gegen den Strich geht!« Ricki äugte mißtrauisch zum Schloß hinüber und fuhr fort: »Es kommt aber noch schlimmer. Nach der Tierdressur, die das Fest einleitet, beginnt nämlich das große Jagdvergnügen Sarabos, die Nachtigallenhatz...«

Amsel Tini erschrak. »Ricki, erzähle mir bitte alles, was du von den Plänen Sarabos, die er gegen das Vogelvolk im Schilde führt, weißt. Damit rettest du das Leben meiner Verwandten und Freunde. Ach, Schreckliches ist uns durch Sarabo widerfahren!« Sie berichtete weinend, wie ihre Schwestern Zita und Zensi zusammen mit dem Nachtigallenschwarm in Sarabos Netze geflogen waren.

Ricki strich der kleinen Amsel tröstend über das Gefieder. »Ich helfe dir. Vielleicht gelingt es uns, die Gefangenen zu befreien.« Fürsorglich umschlang er mit den Vorderpfötchen die verstörte Tini und verbarg sich mit ihr in einer flachen Erdhöhle unter tiefhängenden Haselstrauchzweigen.

»Hier sind wir sicherer«, sagte er.

Amsel Tini schmiegte sich an den warmen Pelz des Eichhörnchens. »Wann soll das Fest gefeiert werden?« fragte sie.

»Im kommenden Frühling, wenn sich Sarabos Herrschaft über Sarabanda zum siebenten Male jährt«, berichtete Ricki. »Sieben verwünschte Jahre für die Bewohner der Stadt. Alle müssen wir nach des Unholds Pfeife tanzen!«

»Wie konnte er euch in seine Gewalt bringen?« fragte Amsel Tini.

»Der Magier und seine Söhne sind Meister des Flötenspiels.

Von ihrer Musik geht eine verderbliche Kraft aus. Sie betört die Zuhörer und versetzt sie in magische Träume. Willig gehorchen sie dann den Befehlen Sarabos und bewegen sich wie Holzpuppen am Draht. Alles vergessen die Betörten, sogar den eigenen Namen.«

»Abscheulich!« Tini schüttelte sich vor Unbehagen.

»Ja, aber gerade das bereitet dem Schwarzkünstler Riesenpläsier! Dann ist er der Größte! Er will es nicht dulden, daß jemand einen eigenen Kopf, eigene Träume und Wünsche hat. Schon die Vorstellung davon bereitet ihm solches Mißbehagen, daß er vor Wut abmagert und gallegrün und quittegelb wird!«

»So ein Teufel! Dem gehört der Frack verschlagen!« rief Tini aufgebracht.

»Pst, leise!« warnte Ricki und fuhr fort: »Dem Jubiläumsfest schauen die Sarabandianer mit Furcht entgegen. Es geht das Gerücht, daß Sarabo mit Hilfe eines magischen Flötenkonzertes, das er mit seinen Söhnen seit Wochen einstudiert, die Einwohner in Luftballons verwandeln will. Wenn das Fest seinen Höhepunkt erreicht, läßt er die Luftballons in die Höhe steigen, wo sie nach einer Weile zerplatzen.«

Der lauschenden Amsel sträubte sich das Gefieder. »Woher nimmt Sarabo nur seine magischen Kräfte?« fragte sie.

»Aus den Zungen der Nachtigallen und den Herzen der Amseln. Wenn er die nicht täglich im Suppentopf hat, verliert seine Flötenmusik ihre Macht. Dann wird aus Sarabo ein ganz gewöhnlicher Tunichtgut, Halsabschneider und Gernegroß.«

Tinis schwarze Äuglein blitzten vor Aufregung. »Wir versalzen ihm die Suppe!« rief sie. »Keine einzige Nachtigall und keine Amsel soll er mehr verderben.«

»Das wird nicht leicht sein«, sagte Ricki. »Das Fest findet nämlich genau an dem Tag statt, wenn die Nachtigallen auf ihrer Heimreise in den Norden Sarabanda überfliegen. Rund um die Stadt werden im Verborgenen Netze und Fallen aufgestellt. Sind die Schwärme in Hörweite, beginnt das magische Konzert, und die Nachtigallen werden Sarabos Beute.«

»Niemals!« rief die Amsel aufgebracht.

»Nehmen wir uns den Banditen zunächst einmal genauer unter die Lupe. Wir müssen ihm hinter die Schliche kommen«, sagte Ricki entschlossen. »Folge mir! Aber vorsichtig!« sagte er zu der Amsel und sprang mutig aus dem Schutz der Erdhöhle in die Nacht hinaus.

Magische Spiele

Mit akrobatischem Geschick war es Ricki gelungen, heimlich an der Fassade des Schlosses Fortissimo hochzuklettern und sich auf dem Sims eines Fensters, geradewegs über den Köpfen der Palastwächter, niederzulassen. Amsel Tini war ihm wie ein schwarzer Schatten, lautlos fliegend, gefolgt. Aneinandergeschmiegt spähten die beiden durch das offene Fenster in einen prächtigen Saal, dessen Wände mit Gold ausgeschlagen und mit buntem Edelgestein besetzt waren. Unter dem vergoldeten Deckengebälk schwebten, von fein geschmiedeten Ringen gehalten, zierliche Vogelkäfige, in denen, still und wie erstarrt, Nachtigall an Nachtigall und Amsel an Amsel saßen. Vergeblich versuchte Tini unter den Gefangenen ihre Schwestern Zita und Zensi zu entdecken.

»Da! Das ist er! Sarabo!« flüsterte Amsel Tini, zitternd vor Aufregung, und Ricki hörte das Vogelherz laut und schnell wie das Hämmerchen eines Uhrwerkes an seiner Seite pochen.

Auf einer runden Drehbühne in der Mitte des Saales stand der Magier. Er trug ein schwarzes Samttrikot und darüber einen Umhang aus wehendem Vogelpelz. Das fahle Gesicht war mit glitzerndem Staub gepudert. Auf dem rabenschwarzen Haar saß ein mit Diamanten besteckter Zauberhut, an dem ein Strauß Reiherfedern wippte. Dem Magier gegenüber hatten sich seine sieben Söhne aufgestellt, die wie gebannt auf den goldenen Taktstock starrten, den Sarabo eben hob.

»Und jetzt das Trilalü Numero sieben, bitte!« rief er. Auf das Zeichen des Dirigenten setzten die Spieler ihre goldenen

Querflöten an die Lippen und begannen zu blasen. Ein rhythmisches Raunen und Zirpen erhob sich im Saal. Immer süßer, immer lockender klang es: »Trilalü-dumdidum-trilalü-dumdidum...«

Amsel Tini lauschte aufmerksam. Plötzlich schloß sie verzückt die Augen, ließ das Köpfchen sinken und wäre um ein Haar in den goldenen Saal gestürzt, hätte Ricki, der ebenfalls knapp vor dem Einschlafen war, sie nicht am Schwanz festgehalten. Geistesgegenwärtig versetzte er Tini einen kräftigen Klaps auf den Schnabel.

»Die Musik darf uns nicht in die Ohren dringen«, flüsterte er und riß ein großes Blatt von der Riesenmagnolie, deren Zweige an das Palastfenster stießen. Er band es der Amsel wie ein Tuch fest um den Kopf und stopfte sich flink mit den Pfötchen die Ohren zu.

Als die beiden Späher nach einer Weile sahen, daß Sarabo den Taktstock senkte und die Musikanten die Querflöten ablegten, machten sie vorsichtig die Ohren wieder frei.

Sarabo nickte den Söhnen zufrieden zu. »Faszinierend!« sagte er und schnipste wohlgelaunt mit Daumen und Zeigefinger. »Das Trilalü Numero sieben wird seine Wirkung auf die überhitzten Dickschädel nicht verfehlen. Herein mit der dreisten Bagage!«

Auf ein Zeichen des Magiers öffnete sich die Saaldecke, eine Truhe schwebte herab, aus der beim Aufsetzen zwei junge Leute, ein Mädchen und ein junger Mann, herausstolperten, die einander an den Händen hielten.

Der Magier maß sie mit kaltem Blick. »Wie heißt ihr?«

»Ich bin Mario. Und das ist Marie, meine Braut«, antwortete der junge Sarabandianer, dem Blick Sarabos standhaltend.

»Was fällt euch ein, meine Vogelfallen zu öffnen? Zwölf Nachtigallen sind mir entschlüpft. Chaoten ihr!« schrie der Magier, der zusehends in Wut geriet.

»Ihr habt kein Recht, die Nachtigallen einzusperren!« rief das Mädchen. »Sie gehören der Mutter Erde und keinem sonst. Wie schön sie in der Nacht singen. Die Liebenden machen sie noch glücklicher, und wer traurig ist, findet Trost in ihrem Gesang. Schlägt Euch denn kein Herz in der Brust?«

»Papperlapapp!« schrie der Magier. »Belehren willst du mich, Sarabo, den Herrscher über Sarabanda? Vorwitzige Kröte!«

Des Magiers Gesicht verfärbte sich gallegrün. An seinen Schläfen quollen die Zornesadern hervor wie junge Kreuzottern. Er schnipste dreimal. Einer der Nachtigallenkäfige schwebte von der Decke herab und landete vor den Füßen des Mädchens.

»Da! In die Küche mit dir! Du wirst mir auf der Stelle diese Nachtigallen braten!« schrie Sarabo.

Marie wich erschrocken zurück. »Das tue ich nicht! Niemals!« rief sie trotzig, und das Wasser lief ihr aus den Augen.

»Du machst, was ich sage!« befahl Sarabo. »Sonst ist es aus mit dir. Und mit deinem Bräutigam auch.«

Mario stellte sich schützend vor das Mädchen. »Laßt meine Marie in Ruhe! Und die Nachtigallen!« sagte er mit fester Stimme.

»Was? Ihr wollt nicht gehorchen?« schrie Sarabo.

»Nein!« rief Mario. »Weil Ihr nämlich weder gerecht noch weise seid, sondern nur ein machtgieriger Halsumdreher und vergnügungssüchtiger Lotterbube. Wir haben es satt, nach Eurem Kopf zu leben. Ja! Und statt Nachtigallen solltet Ihr lieber Mohrrüben, Kartoffeln und Spinat essen!«

Sarabo schnaufte vor Zorn und sah so grün und giftig aus wie der allergrünste Knollenblätterpilz. »Das reicht! Die Gehirnakrobatik treibe ich euch aus!« rief er und gab den Söhnen ein Zeichen mit dem goldenen Dirigentenstock.

»Das Trilalü Numero sieben!«

Schon nach den ersten Tönen der Flötenmusik ging eine seltsame Bewegung über die Gesichter der jungen Leute. Ein törichtes Lächeln entzauberte ihre Züge, sie schlenkerten im Takt Arme und Beine und nickten dazu närrisch mit den Köpfen.

Der Magier kicherte. »Warum nicht gleich so. Es geht doch nichts über das Trilalü Numero sieben!« Vergnügt zwinkerte er den Flötenspielern zu und genoß händereibend den Anblick der Tanzenden.

Beim letzten Ton des Musikstückes blieben Mario und Marie wie auf Befehl stehen.

»Kommt her!« rief der Magier.

Folgsam ging das Paar mit traumwandlerischem Schritt auf Sarabo zu.

»Nun sagt mir auch brav, wer in Sarabanda zu bestimmen hat«, sprach der Magier mit höhnisch verzogenen Lippen.

Das Paar verneigte sich untertänig und begann zu singen:

Loblied auf den Herrscher

Der große weise Sarabo
regiert in dieser Stadt,
hat immer recht und irrt sich nie
und ist der König der Magie.

Alle zaubert Sarabo
mopsfidel und lebensfroh.
Am glücklichsten von allen
sind die Nachtigallen.
Sarabo! Sarabo!
Sarabo! Bravissimo!

Der Magier tat sich an dem Schauspiel gütlich wie ein Kater am Speck. Triumphierend schlug er sich auf die dürren Schenkel, schnipste Schwärme von Motten und Nachtfaltern herbei, ließ es Schierling und Tollkirschen regnen, blies Wolken von Moschus, Weihrauch und Schwefeldunst in die Luft und ließ die Puppen tanzen, was das Zeug hielt.

»Dakapo! Dakapo!« schrie er und stäubte sich aus einer Daunenquaste Glimmerpuder auf die spitzige Magiernase, während die Söhne ein höllisches Trilalü auf den Querflöten bliesen, was Schlangen, Unken und Frösche herbeilockte, die einen wilden Reigen um das sarabandianische Paar tanzten.

Alsbald war Sarabo des Spiels überdrüssig, stierte schläfrig zur vergoldeten Saaldecke empor und riß gähnend den Mund auf.

»Irgendwie gehen sie mir auf den Docht, diese stinklangweiligen Sarabandianer. Zu aufmüpfig sind sie mir. Das verdirbt die Laune. Es wird Zeit, daß ich nach Puppolonien reise. Ach, was sind die Puppolonier dagegen doch dressierlich. Vielleicht verzwerge ich sie, und dann hinein mit ihnen in Schachteln und Dosen...«

Sarabo berührte mit seinem goldenen Taktstock das traumwandlerische Pärchen und malte einen magischen Kreis. Dreimal schnipste er mit Daumen und Zeigefinger und murmelte eine Verzauberungsformel. Eine gelbe Flamme loderte auf, violetter Rauch hüllte das Paar ein. Wenig später erhoben sich über dem Kreis ein blauer und ein roter Luftballon, die langsam zum Fenster hinausschwebten. Amsel Tini und Ricki schauten ihnen nach, bis sie sich am Nachthimmel verloren.

»Am Jubiläumstag schaffen wir uns die sarabandianischen Muffelköpfe vom Hals«, sprach Sarabo.

Die Söhne nickten. »Sie könnten uns sonst noch um die letzten Nachtigallenvorräte bringen«, sagte Primus, »und das wäre ein Schlamassel. Wir sind auch so schon ziemlich knapp. Die Hatz am Jubiläumstag haben wir dringend nötig.«

»Wenn uns nur die Liederhexe Diedeline nicht in die Quere kommt«, äußerte Sekundus, der zweitälteste Sohn Sarabos. »Immerhin lockte sie uns voriges Jahr drei Nachtigallenschwärme vor der Nase weg. Und alles nur mit Hilfe der vermaledeiten Lieder, die die gehässige Alte in ihrem verdrehten Schädel ausheckt. In der Luft könnte ich sie zerreißen!«

»Spar's dir!« Sarabo lachte schadenfroh. »Die Tintenklexerin kann uns nichts mehr anhaben. Sie ißt kein Pfund Mehl mehr, weil sie nämlich auf dem letzten Loch pfeift. Grad vorhin brachten mir unsere Späher, die Fledermäuse Stix und Pix, die Nachricht aus Klappershausen, daß es mit ihr zu Ende geht. Wir haben also nichts zu befürchten.«

Die Amsel Tini hörte auf dem Sims die schlimme Kunde. Arme Diedeline, dachte sie traurig und sprach zu Ricki: »Auf der Stelle reise ich nach Klappershausen, um den Vögeln von Sarabos Plänen zu berichten. Wir müssen Zita und Zensi befreien und den Nachtigallen helfen. Ich hole Verstärkung, derweil du Sarabo im Auge behältst. Mach's gut, Ricki, warte auf uns!«

Die Amsel startete. Dabei berührte sie mit dem Flügel die

Fensterscheibe und verursachte ein klirrendes Geräusch. Im Nu sprangen Palastwachen herbei. Sie ergriffen das Eichhörnchen und schleppten es fort. Ein Wächter verletzte durch einen Hieb den linken Flügel der Amsel, jedoch gelang es ihr zu entwischen. Hüpfend und stolpernd verließ Tini die Unglücksstadt.

Am nächsten Tag stießen zwei Tauben, die jenseits der Stadtmauer auf Futtersuche waren, auf die völlig entkräftete Amsel. Sie setzten Tini in ein Bastkörbchen und machten sich mit der Verletzten auf die Reise nach Klappershausen.

Heimkehr

Als die Tauben mit ihrer ungewöhnlichen Fracht auf der Blautanne landeten, schwirrten von überallher die Klappershausener Vögel herbei. Hexe Fita sah sie in Schwärmen an ihrem Fenster vorbeifliegen und hörte das erregte Zwitschern und Schilpen.

Da ist etwas im Busch, dachte sie, beschwerte die beschriebenen Blätter auf dem Schreibtisch mit dem grauweißen dicken Feuerstein, sprang auf den Federkiel und sauste zum Fenster hinaus zur Tanne hinüber. Dort traf sie Doktor Weißspecht an, der der Amsel Tini den gebrochenen Flügel schiente. Flinke Blaumeisen setzten den hilfsbereiten Tauben süße fette Samen vor und erfrischendes Schmelzwasser. Nachdem Amsel Tini drei dicke Pillen aus Lindenblütenstaub und Honig geschluckt hatte, erzählte sie den Versammelten haarklein, was sie in Sarabanda gesehen und gehört hatte. Ihr

Bericht über Sarabos Ränke versetzte die Zuhörer in große Sorge und Aufregung.

Nach gründlicher Beratung sagte Karoline: »Hexe Fita, jetzt bist du an der Reihe. Ans Werk! Wie gut, daß der Magier nicht ahnt, daß wir eine neue junge Liederhexe haben. Auf die Kraft deiner Verse kommt es jetzt an. Auf deine Wortgewalt. Deine Lieder müssen Sarabo und sein magisches Spiel außer Gefecht setzen. Anders ist den Nachtigallen und den Einwohnern von Sarabanda nicht zu helfen. Jetzt zeig, was du kannst. Wir verlassen uns auf dich.«

Hexe Fita fühlte großen Zorn in sich auf den Magier. Dieser Zorn drängte sich in ihrem Herzen zu Wörtern zusammen, die ihr mit Kraft von der Zunge sprangen. Sie umrundete auf dem Federkiel dreimal den Garten, stieg steil zum Himmel auf und fuhr mit solcher Geschwindigkeit durch die Schneewolken, daß sich ein wütendes Wintergewitter über Klappershausen entlud. Hexe Fita aber jagte verwegen den Blitzen nach, tummelte sich im Grollen des Donners und sang dabei aus voller Kehle das

Lied vom bösen Sarabo

Es haust in Sarabanda
auf Schloß Fortissimo
mit seinen sieben Söhnen
der Magier Sarabo.

Sie spieln auf goldnen Flöten
ihr süßes Dideldei
und locken mit den Klängen
das Vogelvolk herbei.

Ach, wer den Tönen folget,
versinkt in Zaubertraum,
vergißt die liebe Sonne,
vergißt den grünen Baum.

Zog einst Frau Nachtigalle
von Süden übers Meer,
verfing sich in den Netzen.
Es sah sie keiner mehr.

Der falsche Flötenspieler!
Vom Teller aus Kristall
aß er das Herz, die Zunge
der schönen Nachtigall.

Kommt ihr nach Sarabanda,
zum Schloß Fortissimo,
so hütet euch, ihr Vögel,
vorm Magier Sarabo.

Gewitter im Palast

Fitas Lied wurde zum Ohrwurm. Bald pfiffen es die Spatzen vom Dach, die Kinder sangen es, wenn sie zur Schule radelten, die Maurer auf dem Baugerüst brummelten es vor sich hin, die Bauern schmetterten es beim Schweinefüttern und die Hausfrauen beim Hemdenbügeln.

»So ist's recht, Hexe Fita!« sagte Elster Karoline und wippte fröhlich auf dem Nestrand. »Jetzt weiß schon jeder, was der Sarabo für ein Halunke und Halsumdreher ist.«

Als sie das sprach, las der Magier in seinem Prunkschloß in Sarabanda gerade einen Zettel mit Fitas Lied, den seine Eilboten und Horchposten, die Fledermäuse Stix und Pix, von Fitas Schreibtisch stibitzt und nach Fortissimo gebracht hatten. Es war ihnen nämlich gelungen, den Spuren der verletzten Amsel Tini zu folgen und in Klappershausen unauffällig alle Neuigkeiten über Hexe Fita und die Vogelwelt auszukundschaften.

Vor Wut war des Magiers Gesicht weiß bis hinein in die Nasenspitze.

»Nun schlägt's dreizehn!« brüllte er. »Sie haben eine junge Liederhexe. Das darf nicht wahr sein!«

Er rannte von einer Ecke des Zaubersaales in die andere, dampfte vor Zorn und ließ es Feuersalamander, weiße Mäuse, schwarze Spinnen und fette Engerlinge hageln. Er brüllte Stix und Pix an, die zitternd am Kristallkronleuchter hingen: »Es ist zum Kartoffelniesen! Hättet ihr besser aufgepaßt und der geschwätzigen Amsel Tini ein für allemal den Schnabel gestopft! Jetzt haben wir den Salat! Alle Welt zerreißt sich das Maul über uns, und die Vögel sind gewarnt. Verdammt! Was machen wir nun?«

Die sieben Söhne des Magiers saßen da und ließen verstört die Ohren hängen.

Auch ihnen war klar, was auf sie zukam, wenn die Vögel nicht mehr ins Netz gingen. Dann war es aus mit ihren magischen Kräften. Dann stand ihnen kein Zauberschloß mehr zur Verfügung. Dann mußten sie vielleicht in einem vielgeschossigen Großstadtmietshaus Wand an Wand mit Hinz und Kunz wohnen, wo es im Flur nach Windeln, Weißkohl und Brathering roch, sich gar als gewöhnliche Musiklehrer von Schulkindern ärgern lassen und durch Arbeit ihr Brot verdienen. Diese Vorstellung trieb ihnen die Hitze in die Magierköpfe, und sie dachten so angestrengt nach, daß ihnen die Schläfen rauchten.

»Was machen wir jetzt?« wiederholte Sarabo und stampfte so stark mit dem Fuß auf, daß ein Bündel schwarzer Nattern zischend unter seinem Absatz hervorschoß.

Primus, der Älteste, antwortete: »Wir müssen den dreimal verflixten Federkiel der dreimal verflixten neuen Liederhexe, mit dem sie ihre Lieder gegen uns zusammenschmiert, an uns bringen. Verflixt und zugenäht!«

»So soll es sein. Basta!« sagte der Magier. Und alle sieben Söhne echoten: »Basta!«

»Aber wie?« fragte Primus.

»Wie nur?« fragten auch Sekundus, Tertius, Quartus, Quintus, Sextus und Septimus, die jüngeren Söhne des Sarabo.

»Einsacken! Schnappen! Ratzbatz!« rief Septimus, der Jüngste.

Der Magier nickte, zauberte mit einer Schnipsbewegung die Feuersalamander, Mäuse, Spinnen, Engerlinge und Nattern vom Zauberteppich und sagte: »Ich hab eine Idee. Aber die will überschlafen sein. Heut sag ich nur: Operation Federkiel.«

Dann befahl er Primus und Sekundus, die Reisetaschen zu packen. »Morgen bei Sonnenaufgang dampft ihr ab nach Klappershausen«, sagte er. »Und jetzt wird an der Matratze gehorcht! Für die Operation Federkiel braucht's einen klaren Kopf.«

Er schob seinen Zauberhut in den Nacken und entdeckte am Kronleuchter die Pechvögel Stix und Pix. Schnipsschnaps verwandelte er sie in zwei Stubenfliegen und sperrte sie in eine kleine grüne Flasche. Das mögen Fledermäuse überhaupt nicht.

»Damit ihr nächstens besser Obacht gebt, ihr bramsigen Transusen«, sagte er.

Der Magier reckte und streckte sich, gähnte, nahm den Zauberhut vom Kopf und legte sich auf seine sieben weichen Zauberfederbetten. Dann schlief er unter den drei lilafarbenen Betthimmeln, in denen ein Kommando strammer Tausendfüßler Wache hielt, fest und traumlos, obwohl doch sein Herz von schwarzen Plänen gegen die Liederhexe Fita, die Amsel Tini, das Vogelvolk und die Einwohner von Sarabanda überquoll.

Bösewichter haben nämlich meist den besten Schlaf der Welt.

Überraschungen zum Geburtstag

Der Federkiel, den Fita von der Elster Karoline erhalten hatte, stak in einem kleinen, blauen, mit weißen Punkten bemalten Krug, der auf der rechten Seite des Schreibtisches stand.

Heute hatte der Federkiel seine Ruhe, weil Fita alle Hände voll Hausfrauenplackerei hatte und mit glühenden Sohlen durch die Stuben flitzte.

Ali feierte nämlich Geburtstag. Das Haus duftete nach Pflaumenkuchen, Pastetchen und Braten. Genau neunundzwanzig Gäste hatten sich angesagt: Onkel, Tanten, Nachbarn und Alis Freunde aus der Druckerei.

Zuerst kam Onkel Paul. Er zog die Luft durch die Nase, ging in die Küche und aß schnell drei heiße Pasteten. Dann gratulierte er Ali und drückte ihn an sein großes Herz.

Im Festzimmer, das wie ein Blumenladen aussah, ließen die Gäste Ali hochleben, sie schleuderten ihn fast bis zur Stubendecke, sangen Geburtstagslieder, daß die Scheiben wakkelten, und alle Tanten vergossen dazu Rührseligkeitstränen.

Ali bestaunte die neue Hose, das Briefmarkenalbum, Bücher über Autos, Länder, Sterne und die Sieben Weltwunder. Babuschka aber führte den Enkel in den Hof, wo mitten im Schnee ein frischlackiertes grasgrünes Moped stand.

»Klasse!« schrie Ali, sprang auf das Gefährt, drehte den Zündschlüssel um und sauste davon.

»Ohne Fahrerlaubnis!« sagte kopfschüttelnd Vater Klaas.

»Macht nichts! Ein guter Junge!« sagte Babuschka stolz. Und als Ali zurückkam, warf sie ihren Krückstock in den Schnee, stieg in Filzpantoffeln auf den Hintersitz und brauste stolz mit dem Enkel davon.

Nachdem das Geburtstagskind der Reihe nach alle Gäste, sogar Onkel Paul und Vater Klaas, durch die Gegend kutschiert hatte und die Straße schon wie eine Tankstelle duftete, schlug Fita den Gong, zündete die Geburtstagskerzen an und eröffnete die Kaffeetafel. Bald hatten die Gäste vom Schmausen satte Bäuche. Aber erst nachdem man sich die Sohlen wund getanzt, die Kehlen heiser gesungen und sich so richtig müde gefreut und gefeiert hatte, sagte Fita: »Es war ein schöner Geburtstag. Und kommt bitte alle im nächsten Jahr wieder.«

Da gingen die Gäste zufrieden heim.

Fita und die Babuschka aber wuschen die siebenundachtzig Teller, die vielen Tassen, Gläser, Messer, Gabeln und Löffel ab, taten alles in den Schrank, putzten die Küche rein und legten sich zur Ruhe.

Das müde Haus schlief, und alle, die darin wohnten, schliefen auch. Nur die Babuschka nicht. Sie war alt und brauchte wenig Schlaf. Nachts saß sie gerne in Fitas Arbeitszimmer, blätterte in den vielen gescheiten Büchern, vor allem im großen Lexikon, schaute die Bilder an und las auch all die neuen Wörter, die Fita gesammelt hatte. Die neugierige und wissensdurstige Babuschka liebte alles, was mit Lesen, Lernen und Nachdenken zusammenhing. Denn sie hatte als kleines Mädchen nur drei Jahre lang zur Schule gehen dürfen, weil sie auf dem Bauernhof der Eltern gebraucht wurde. Dabei hätte sie so gerne gebüffelt und studiert.

»Oh, ich wäre ein berühmter Professor geworden! Wie Pencilpick! Oder noch berühmter!« pflegte sie zu sagen und war dabei fürchterlich traurig.

Nach dem Geburtstagstrubel saß Babuschka mucksmäuschenstill bei offenem Fenster im finsteren Zimmer. Von Fitas Schaukelstuhl aus, der in der Leseecke stand, betrachtete sie den gelbgesichtigen Mond am Himmel und rechnete sich aus, wann sie wohl mit Enkel Ali zusammen in einer Rakete den Erdtrabanten besuchen würde, und genoß dabei die erfrischende Winterluft.

Plötzlich war ihr, als hätte Lilli leise geknurrt. Babuschka lauschte. Nichts. Sollte sie sich getäuscht haben? Hat wieder zuviel gefressen, die Gute, und träumt nun dummes Zeug, dachte Babuschka. Doch da vernahm sie ein Geräusch, das vom Fenster her kam. Vom Garten aus schob eine Hand die Gardine zur Seite.

Babuschka, die keine Furcht kannte, weil sie viel Böses im Leben schon hatte durchstehen müssen, rührte sich nicht.

Sie faßte nur den Krückstock fester, wartete ab und beobachtete.

Wer mochte da um Mitternacht ins Haus einsteigen? Ein Dieb? Ein Gespenst? Aber vielleicht auch ein Kosmonaut von einem fremden Stern, der sich auf der Erde nicht auskannte? Babuschkas Gedanken sprudelten wie eine Sodaquelle.

Die Gestalt, die jetzt am Fenster deutlich gegen das helle Mondlicht sichtbar wurde und sich ins Zimmer schwang, war niemand anderes als Primus, der älteste Sohn Sarabos. In der schwarzen Seidenmaske, aus der seine bösen Augen wild hervorfunkelten, sah er zum Fürchten aus. Er spähte angespannt und ging dann vorsichtig auf den Schreibtisch zu, auf dem er Fitas Federkiel entdeckt hatte.

Ja, gleich würde er das Zauberding an sich nehmen, mit dem die neue Liederhexe das Sarabolied geschrieben hatte, das in aller Munde war und die Vögel vor dem Flötenspiel der Magier und vor ihren Netzen warnte. Nein! Es sollte ihr hinfort kein Lied mehr aus der Feder fließen. Denn ohne den Federkiel würde sie nur eine gewöhnliche Menschenfrau sein, die armselig in einem klapperalten Haus wohnte und sich fürchtete, wenn der Kohlenhändler die Rechnung schickte. So eine konnte ihnen, den glänzenden mächtigen Magiern, nichts anhaben. So eine pustete man – fuit – hinweg wie eine Rußflocke.

Gierig streckte Primus die Hand mit den langen silbernen Nägeln nach dem Federkiel aus, zog das kleine Ding aus dem gepunkteten Krug und verbarg es rasch in seinem Trikot. Als er sich aber dem Fenster zuwandte, um mit der Beute das Weite zu suchen, traf ihn unversehens ein harter Schlag gegen die Schulter und riß ihn zu Boden, wobei er mit der Stirn gegen eine Stuhlkante flog.

»Ha, du Lümmel! Langfinger du!« schrie Babuschka und ließ ihren Krückstock auf Primus niedersausen. »Nun kann ich wieder mal dreschen, daß es staubt. Sich regen bringt Segen!« Und sie bleute den überrumpelten, verdutzten Missetäter nach Strich und Faden durch und entriß ihm den Federkiel mit solcher Heftigkeit, daß dabei ein Stück des Magiertrikots abriß und in ihre Hände geriet.

Primus wußte nicht, wie ihm geschah. Er hatte das Zimmer für leer gehalten. Geduldig abwartend, bis es in allen Fenstern endlich dunkel war, hatte er sich dann mit Sekundus in den Garten geschlichen. Sekundus voran, weil er dem Hund

Lilli mit einer leckeren Buttercremetorte das Maul stopfen sollte, bevor die Kläfferei begann. Wie hätte Primus denn ahnen können, daß ein Unhold oder Teufel in der Zimmerecke hockte und den Federkiel bewachte? Vor Schreck verwechselte der junge Magier seine Zaubersprüche, und anstatt es donnern und blitzen zu lassen, ließ er es Nudeln und Erbsen regnen, anstatt Feuer und Schwefel hexte er Rosen- und Veilchenduft herbei. Verdattert und mit Gänsehaut auf dem Rücken rappelte er sich unter den heftigen Schlägen Babuschkas hoch, sprang mit einem Satz zum Fenster hinaus, prallte gegen den ihm zu Hilfe eilenden Sekundus, den er umriß, so daß beide mit Wucht in die Hainbuchenhecke rollten, sich an den Zweigen zerstachen und zu allem Übel einen solchen Schluckauf bekamen, daß ihnen die Augen aus den Höhlen quollen.

Auf das Tohuwabohu hin lief das Haus zusammen: Fita, Vater Klaas, Ali, Kater Oldi und als letzte die Hundefrau Lilli. Im Garten aber spektakelten die Vögel.

»Dem hab ich's gegeben! Hundesohn dem!« sagte Babuschka stolz und berichtete, was sich zugetragen hatte. Der seidene Trikotfetzen, an dem ein Stück Vogelpelz hing, wanderte von Hand zu Hand.

Fita erschrak. Hinter dieser Geschichte steckte Sarabo. Wer sonst interessierte sich für ihren Federkiel? Er hatte versucht, ihr die Zauberfeder zu rauben.

Oh, jetzt schalt sich Fita wegen ihrer Unbekümmertheit. Sie hätte den Federkiel besser verwahren und mit den Ränken des Magiers rechnen müssen. Nicht auszudenken, wenn der Diebstahl gelungen wäre. Dann hätte sie ihr Hexenamt nicht mehr ausüben können, und die Vögel wären dem Sarabo mit Kopf und Schwanz ausgeliefert.

»Wie kann man nur so faselig und wurstelig in den Tag hinein leben!« rief sie, auf sich selbst wütend, und hielt sich mit Wörtern aus Heft 11 ihrer Sammlung die allerstrengste Gardinenpredigt: »Nachlässige Trine! Schlafmütze! Rindskarmuffel!«

Ali war inzwischen in den Garten gerannt, um nach Spuren des Einbrechers zu suchen. Auf seinen Ruf hin eilten alle hinaus. Neben Lillis Trinknapf vor der Hundehütte lag eine große angebissene Buttercremetorte.

»Na bitte!« sagte Ali. »Mit Speck fängt man Mäuse. Hast du denn gar keine Hundeehre im Leibe, Lilli? Läßt dir mit Torte das Leckermaul stopfen und haust deine eigenen Leute in die Pfanne, anstatt zu bellen und zu beißen? Pfui!«

Ali verpaßte dem vernaschten Hund einen Klaps auf das fette Hinterteil. Lilli zog den Schwanz ein. Man sah, daß sie sich gewaltig schämte. Sie kroch mit hängendem Kopf und wehleidig fiepend in ihre Hütte.

»Ach, Babuschka! Wenn du nicht gewesen wärst!« rief Fita voll Dankbarkeit und gab der eigensinnigen und wackeren alten Frau einen herzhaften Kuß.

Als Fita endlich in die Federn sprang, begrüßte der alte Ganter von nebenan, der beim Schornsteinfeger Schwamm im Schuppen wohnte, schon schnatternd und trompetend den frostigen Morgen. Fita schlief mit dem Gedanken ein: Warte, Sarabo! Meinen Federkiel sollst du noch kennenlernen! Die Ohren werden dir sausen!

Der Federkiel aber lag unter ihrem Kopfkissen.

Gedichte und Kartoffelpuffer

In einer klaren Winternacht saß Fita an ihrem mahagonifarbenen Schreibtisch und dachte nach. Vierzehn Tage waren seit dem versuchten Raub des Federkiels vergangen. Sie hatte auf der Vogelversammlung von dem Ereignis berichtet, und die Vögel faßten den Beschluß, in der vor Fitas Arbeitszimmer wachsenden Hainbuchenhecke und in der Krone des Ahornbaumes Vogelwachen aufzustellen, um künftigen Überfällen vorzubeugen.

Der Eichelhäher übernahm das Kommando über einen Spatzenschwarm und zwei Dutzend Blaumeisen.

Vor Fita lag ein weißes Blatt Papier. Sie nahm den Federkiel aus dem blauen Krug. Höchste Zeit, das neue Lied für die Vögel zu dichten, das Frühlingslied, welches die Flötenmusik Sarabos überwinden und die aus dem Süden heimkehrenden Nachtigallen vor den Netzen des Magiers bewahren sollte.

Fita öffnete das Fenster. Der samtene Himmel schaute sie an. Voller Wunder war die Welt. Die Nacht duftete nach knistrigem Sternenschein, Mondlicht und gefrorenem Schnee. Frisch schmeckte die kalte Luft. Doch kam es Fita vor, als zöge über den Frost schon ein milder Atem, ein leises Klingen und Zirpen der Sonnenstrahlharfe, auf der der Frühling bei seinem Einzug in das Land zu spielen pflegte.

Da rauschte es in der Luft, auf dem Schreibtisch neben dem blauen Krug landete Karoline und warf ein weißes Säckchen aus Birkenbast auf Fitas Schreibtisch.

»Uff! Das hat's in sich«, sagte sie. »Ein Mitbringsel von meinen Verwandten, der Familie Auerhahn, aus dem hohen Norden. Sie sind auf der Durchreise und übernachten bei uns in der Tanne, weil sie sich hier an der Hochschule für fliegende Künste bewerben wollen.«

An der Verschnürung des Säckchens steckte ein kleiner Zweig, den Karoline herauszupfte und Fita unter die Nase hielt.

»Moosbeeren«, sagte sie.

Ein erfrischender Hauch ging von dem wundergrünen Zweiglein aus, an dem dunkelrote Beeren hingen. Wie das nach Rentiermoos und Lärchenrinde, nach Sumpf und Anemonen duftete.

Karoline schüttete den Inhalt des Säckchens auf den Schreibtisch. »Zirbelkiefernüsse. Vitamine für die Liederhexe«, sagte sie schulmeisterlich, stibitzte flink eine blanke Glasmurmel aus Fitas Setzkasten neben dem Fenster und rief im Davonfliegen: »Du erlaubst doch? Ich habe eine Schwäche für Gläsernes! Danke! Und sei schön fleißig.«

Fita schaute Karoline lächelnd nach. Dann schloß sie das Fenster. Der elektrische Wassertopf begann zu summen. Fita brühte sich einen Kaffee auf, das pflegte sie stets vor der Arbeit zu tun. Sie hielt die Nase über den belebenden Dampf und sagte: »Ah, mein guter kohlrabenschwarzer Wunderdoktor! Zaubere mich munter und quicklebendig!«

Sie tat einen großen Schluck und schrieb auf das weiße Blatt Papier die Überschrift: *Frühlingslied*.

In jener Nacht kamen Fita mindestens hundert gute Gedanken, die sie alle auf die schönen sauberen Blätter schrieb. Sie schrieb und dachte, dachte nach und schrieb wieder. Aber immer, wenn sie eine Strophe zu Papier gebracht hatte, las sie sie aufmerksam durch und fragte sich, ob ihre Worte stark, schön und klar genug seien, um die Musik Sarabos zu bezwingen. Das Leben so vieler Vögel hing von der Kraft ihres Liedes ab. Bei der Vorstellung wurde ihr die Stirn naß, und das Herz klopfte heftig in der Brust.

»Ich versuche es lieber noch einmal«, sagte sie ein um das andere Mal, zerknüllte den beschriebenen Bogen und warf ihn in den Papierkorb.

Als der Morgen blaß und grau durch den winterlichen Garten ging, saß auch Fita blaß und grau vor dem leeren Schreibtisch und betrachtete bekümmert den überquellenden Papierkorb.

Sie ließ müde die Arme sinken, atmete tief durch und dachte: Liederschreiben ist eben doch schwieriger als Kartoffelpufferbacken.

Damit stand sie vom Schreibtisch auf, bereitete das Frühstück für die Familie und ging zum Briefkasten, wo sie folgenden Brief von Professor Pencilpick vorfand:

Liebe Kollegin!

Sie hatten mir versprochen,
alle Wörter und Ausdrücke zu sammeln,
die die Menschen für die Tätigkeit
verwenden, die im allgemeinen
mit dem Wort essen bezeichnet wird.
Ich erwarte bis zum nächsten Freitag
dringend Ihre Sammlung.

Hochachtungsvoll
Pencilpick

PS Bei Ihrem letzten Besuch
behaupteten Sie, eine Hexe zu sein,
was höchst eigenartig ist.
Lesen Sie bitte schleunigst den Vortrag
des berühmten Doktors Allwissend nach,
der auf der siebenten Konferenz
der Klappershausener Wahrsager
und Sterndeuter bewies,
daß es niemals und nirgendwo
zwischen Himmel und Erde Hexen gab,
gibt oder gar geben wird.
Sollten Sie aber trotzdem
an die Existenz von Gespenstern,
Teufeln, Drachen, Kobolden,
Irrlichtern, Feuermännchen,
Dämonen, Magiern, Elfen, Alraunen,
Schnürbübl und ähnlichen Ausgeburten
des Irrwitzes glauben, so bin ich
gern bereit, Sie zum Kuraufenthalt
im Sanatorium von Doktor Rappel
anzumelden.

Ihr
sehr besorgter
Pencilpick

Stirnrunzelnd las Fita den Brief. Des Professors Worte enttäuschten sie schwer. Sie warf das Papier ärgerlich in die Ecke und seufzte: »Nein, Pencilpick, was sind Sie doch pingelig und pinselig. Gerade Sie hätte ich nie und nimmer für einen verbiesterten Kümmelspalter und Pomuchelskopp gehalten.

Die Scheuklappen stehen Ihnen überhaupt nicht. Überhaupt nicht!« rief Fita mißmutig, und dabei fiel ihr ein, daß sie ihrer Familie zum Abendbrot Kartoffelpuffer versprochen hatte.

»Oje!« sagte sie nur.

Der Ausflug

Nachdem Fita »Oje!« gesagt hatte, packte sie plötzlich eine große Lust, auf den Federkiel zu springen und auszureißen, egal wohin, nur weg von den Kartoffelpuffern, dem gefräßigen Heizofen, der vernaschten Lilli und dem ganzen Drum und Dran.

»Ich muß hier mal raus. Und wenn es für ein paar Stunden ist. Sonst fällt mir kein vernünftiges Lied mehr ein.«

Gesagt, getan. Fita sauste auf dem Federkiel dahin über die Stadt, über den grauen Fluß, und je höher sie flog, um so kälter pfiff der Wind.

Sie umkreiste den Rathausturm, ließ sich fallen, fing sich über dem Bahnhofsdach ab, spähte in die breiten Schaufenster, sauste über eine Menschenschlange hinweg, die sich vor einem Laden gebildet hatte, wo violette Strümpfe, grüne Schuhe und gelbe Krawatten verkauft wurden, und landete auf einem Baukran im Neubaugebiet.

Nackt ragten dort halbfertige Betonwände in den Himmel. Dünne Baumkinder, im Herbst frisch gepflanzt, streckten schüchtern die Zweiglein in die kahle Gegend. Großbaumaschinen brummten und stampften, Arbeiter in grellen Schutzhelmen riefen einander Kommandos zu.

Plötzlich platzte der graue Wolkensack, der über der Stadt hing, die roten Strahlenfinger der Sonne schoben ihn fort, und warmes Licht floß über die Baulandschaft. Im Häuserblock dem Kran gegenüber klirrte ein Fenster, der Strubbelkopf eines Jungen erschien. Das Kind breitete die Arme aus, um die helle Pracht zu umfassen. Fita flog näher heran und setzte sich auf den Balkonrand neben dem Fenster. Der Junge nahm einen Teller mit Brot vom Tisch, stellte ihn auf das Fensterbrett und sagte: »Komm, liebe Sonne, iß! Du mußt groß und stark werden, dann kannst du immerzu scheinen. Die kleinen Bäume müssen nämlich wachsen, und ich auch.«

Da ritt Fita mit Schwung am Fenster des Jungen vorbei und rief: »Einen wunderschönen Tag!«

Der Junge wunderte sich überhaupt nicht und antwortete: »Guten Tag! Komm doch herein! Ich heiße Nick.«

Fita sprang auf den Sims und kletterte in das Zimmer. Wie aufgeräumt es darin aussah. Nirgends ein Stäubchen. Nur eine kleine Eisenbahn aus Holz fuhr über den rotgemusterten Teppich, und eine gelbe Schaumgummikatze saß stumm auf dem Waggondach.

»Spielst du mit mir?« fragte Nick.

»Und was?« fragte Fita.

»Vielleicht Verreisen?«

»Ja, wir verreisen in den grünen, grünen Wald. Zur Quelle und zum Moos«, sagte Hexe Fita.

In der Spielzeugeisenbahn fuhren Nick und Fita zur Quelle, die in einem kleinen Tal wohnte, das von grüngoldenem Dunkel erfüllt war. Aus einer Spalte der Felswand drang sprudelnd der Wasserstrahl.

»Schön, daß ihr mich besucht«, sagte die Quellennixe, die im Moos saß und das Wasser hütete. »Ich heiße Quicksi.«

Sie sang vor sich hin, füllte einen Kristallkrug mit Quellensprudel, reichte ihn Nick und lachte mit glockenklarer Stimme. Nach dem ersten Schluck mußte Nick niesen, und ihm wurde quicksprudelmunter ums Herz. Fita erging es ebenso.

Ganz ohne Grund fingen beide zu lachen an und konnten nicht mehr aufhören.

»Sieben Löcher lach ich mir in den Strumpf!« rief Hexe Fita.

»Das macht mein Quellsprudel«, sagte die kleine Nixe. Und dann spielten sie zu dritt Verstecken, Blindekuh und Einkriege.

»Oh, es ist schon spät«, sagte Fita plötzlich. »Ich muß heim, meine Familie wartet.«

Da pfiff Nick die Eisenbahn herbei, sie stiegen ein, und schwupps, landeten sie im Zimmer mit dem rotgemusterten Teppich, wo die gelbe Schaumgummikatze wartete und sich langweilte.

»Tschüß, Nick!« Fita sprang auf den Federkiel und verschwand in einer tief hängenden Abendwolke.

»Komm bitte bald wieder!« rief Nick.

Froh sauste die Federkielhexe durch die Luft und sang vor sich hin:

Lied von der Quelle

Eine kleine Quelle,
sprudelnd, frisch und rein,
dringt im grünen Tale
aus dem Felsgestein.

Bringt dir Zaubergaben
aus dem tiefen Grund,
küßt dich froh und munter
mit dem Silbermund.

Wandre hin und lausche,
ist der Weg auch weit.
Spürst das Herz der Erde,
ihre Zärtlichkeit.

Eine kleine Quelle,
sprudelnd, frisch und rein,
dringt im grünen Tale
aus dem Felsgestein.

Als Fita die Besenstraße erreichte, in der das klappergraue Mietshaus stand, stiebte ihr in wildem Tempo ein Moped entgegen, auf dem in feuerrotem Helm und schwarzer Lederjacke Ali saß.

Dabei habe ich ihm verboten, bei Schnee Moped zu fahren, dachte Fita. Was da alles passieren kann. Sie steuerte den Federkiel abwärts, landete auf dem Beifahrersitz des grünen Fahrzeuges und hielt sich am Rücken des Sohnes fest.

»Du kannst aber auch überhaupt nicht hören!« schalt sie.

»Bin fast verhungert. Sollte es heute nicht Kartoffelpuffer geben?« knurrte Ali.

Am Gartentor stand Kater Oldi und mauzte vorwurfsvoll. Lilli jaulte und wackelte mit dem Ohr. Das hieß: Ich bin erkältet. Meine Tabletten bitte!

»Gleich!« sagte Fita und sprang in die Küche. Dort stand Babuschka, rührte in einer Schüssel Hefeteig, der so heftig gärte, daß er über den Schüsselrand hinweg auf Tisch und

Fußboden quoll. In der Mansarde plärrte das Radio, aus der Flimmerröhre in Klaasens Zimmer brüllte ein Sportreporter »Tor!«, Klaas schlug begeistert mit der Faust auf den Tisch, aß Heringspaste aus der Tube und trank dazu kaltes Bier.

Fita krempelte die Ärmel hoch, sammelte die im Korridor verstreuten Schuhe ein und schleppte hingeworfene Jacken und Mäntel in die Garderobe.

Warum halten meine Leute keine Ordnung? fragte sie sich ratlos. Das tat sie jeden Tag. Sie holte Kartoffeln aus dem Keller, schälte und rieb sie, schlug Eier dazu, mischte eine zerschnittene Zwiebel darunter, goß Öl in die Pfanne und briet einen Berg goldbrauner Kartoffelpuffer, dessen Duft die Bewohner des grauen Hauses in die Küche lockte.

Als Fita sah, wie sie alle zulangten, futterten, schlemmten, kauten, schluckten und schmausten, wie sie schnabulierten, sich stopften, spachtelten und auf die Zahngasse gingen, bis der Kartoffelpufferberg abgetragen und ratzekahl verkasematukkelt war, da fiel ihr wieder der Brief von Professor Pencilpick ein und die von ihm gestellte Aufgabe.

Sie setzte sich nach dem Abwasch an den Schreibtisch, nahm frische Bogen Papier aus der Schublade und schrieb alle Wörter auf, die sie für die Tätigkeit ESSEN aufgestöbert und den Leuten ringsum im Land von den Lippen abgeschrieben hatte.

Es waren genau 227 Wörter.

Sarabos zweiter Plan

In Sarabanda war dicke Luft.

Nachdem der Magier Sarabo den Bericht von Primus und Sekundus über das mißglückte Unternehmen Federkiel vernommen hatte, wurde er fuchsteufelswild. Vor Ärger fuhr er aus seiner Haut, verwandelte sich in eine große Hornisse, zog böse brummend sieben Kreise um seine Söhne, verpaßte den beiden Pechvögeln drei Stiche in die spitzen Nasen und sperrte sie für fünf Tage in den Karzer.

»Bangbüchsen ihr! Gespensterseher! Kriechen vor der alten Babuschka ins Mauseloch! Das wollen Magier sein!« Mit Krach schlug er die Tür hinter den beiden zu.

Noch ist nicht aller Tage Abend. Ich kriege den Federkiel schon, sagte er sich, spuckte den Ärger in alle vier Himmelsrichtungen, setzte sich in seinen violett und giftgrün gekachelten Swimmingpool und badete eine halbe Stunde lang in lauwarmer Krötenmilch.

»Jetzt ist mir besser«, brummte er, warf sich den Bademantel aus weißem Schwanenflaum über und ging zu Tisch. Die gebratenen Nachtigallenzungen stärkten seine magischen Kräfte. Mit dem festen Vorsatz, die Hexe Fita zu übertölpeln, bestieg er seinen Zaubersessel, schlug das Zauberbuch auf, und nachdem er drei Stunden darin gelesen hatte, fühlte er seinen magischen Verstand aufgemöbelt und tipptopp. »Wir werden die Sache schon ritzen«, sagte er zuversichtlich, erhob sich und ging in seinen Zauberkeller.

Außer Sarabo betrat selten jemand das unterirdische Gewölbe, höchstens einer der sieben Söhne oder die Fledermäuse Stix und Pix. Es war mit einer doppelten stählernen Tür zugesperrt, in deren Klinke ein automatischer Ohrenzwacker eingebaut war, der jedem Unbefugten Gesalzenes und Gepfeffertes verabreichte.

Seltene Kostbarkeiten lagerten im Keller, die Sarabo in der weiten Welt ergaunert hatte: die berühmten Siebenmeilenstiefel, der Fliegende Koffer, das Tischleindeckdich, der Knüppel im Sack, die Tarnkappe und das Töpfchen mit dem süßen Brei. In einem vergitterten kleinen Stall stand der Goldesel. Auch die magischen Flöten, mit denen Sarabo die Vögel anlockte, wurden dort aufbewahrt.

Das sonderbarste Stück der Sammlung aber war die Detektivmaschine, die der wunderliche alte Erfinder Waldemar Grips gebaut und dem Magier für zehn Pfund Äpfel, zwölf Eier, einen Sack Knoblauch, drei Meter Brennholz und sechs Paar neue Schafwollsocken überlassen hatte. Sie ähnelte einem Fernseher, nur daß an der rechten Seite ein breiter Schlitz und eine Messingklinke angebracht waren.

Diese Maschine war schlauer als hundert Polizisten zusammen. Wenn man etwas über eine bestimmte Person erfahren wollte, brauchte man nur ein Stück ihrer Kleidung in den Schlitz zu stecken und die Klinke zu drücken. Sofort erschien vorn auf dem Bildschirm ein Steckbrief, der genaue Auskunft über die betreffende Person erteilte.

Ach, wie zufrieden war Sarabo, daß er die Detektivmaschine in seinen Besitz gebracht hatte. Sie würde ihm helfen, mit der Liederhexe fertig zu werden.

Sarabo schnipste zweimal mit Ringfinger und Daumen. Auf der Stelle erschienen die Fledermäuse Stix und Pix, die mit doppeltem Eifer den Wünschen des Magiers nachkamen, seitdem sie vierzehn Tage als Fliegen in der kleinen grünen Flasche gesessen hatten.

»Bringt mir die Gegenstände, die ihr aus dem Haus der Liederhexe stibitzen solltet!« sagte Sarabo.

Die Fledermäuse schossen davon. Nach einer Minute legten sie einige höchst seltsame Dinge auf den Tisch des Magiers: Fitas alten, mit Asche bestaubten Pantoffel aus dem Heizungskeller, von Klaas einen blank geputzten Uniformknopf mit einem Posthorn darauf, von Ali einen Turnschuhschnürsenkel, eine weiße Wollfranse von Babuschkas Kopftuch, ein schwarzes Haarbüschel vom Schwanz der Hundefrau Lilli und ein Schnurrhaar des Katers Oldi.

»Gut. Macht euch dünn«, sagte Sarabo zu den Fledermäusen. Mit spitzen Fingern faßte er Fitas Pantoffel und warf ihn in den Schlitz der Detektivmaschine.

Auf dem Bildschirm erschien folgender Text:

Fita

Neue Liederhexe der Vögel
Verfaßte hundert neue Lieder
seit Amtsantritt
Wohnt in Klappershausen, Besenstraße 13

Angehörige:
1. Ehemann Klaas, Postbeamter
2. Sohn Ali, Druckerlehrling
3. Mutter Babuschka, Rentnerin
4. Hundefrau Lilli (Wachhund)
5. Kater Oldi (Mäusefänger)

Einkommen der Familie im Monat:
Fita – 80 Kupferlinge
Klaas – 100 Kupferlinge
Mutter Babuschka – 10 Kupferlinge
Ali – 5 Kupferlinge

Äußere Kennzeichen der Liederhexe:
1. langer brauner Zopf
2. blaue Augen
3. mittelgroß
4. braunes Muttermal rechts von der Nase
5. kleines Hühnerauge am linken Fuß

Weitere Besonderheiten:
Wegen des knappen Einkommens der Familie lebt Fita ständig in Furcht, Kohlenrechnung und Miete nicht bezahlen zu können, für Ali keine neuen Hosen, für Babuschka kein Fußbadesalz, für Klaas kein Knopfputzmittel und für Kater Oldi nicht genug Bücklinge kaufen zu können, ganz zu schweigen von der teuren Buttercremetorte für Lilli. Fitas Stiefelabsätze sind seit zwei Wochen schiefgelaufen …

Sarabo drückte auf die Klinke. Das reichte erst einmal. Er überlegte: Die Liederhexe lebt von der Hand in den Mund. Wo soll's auch herkommen? Die Vögel, für die sie Lieder dichtet, sind genau solche armen Schlucker und Luftikusse wie sie. Eine Sorte! Das frißt Würmchen und Fliegen, pickt

Körnchen, schäkert und turtelt, jubiliert und tiriliert den Sommer über, und wenn der Winter kommt, pfeifen die Habenichtse auf dem letzten Loch, und viele von ihnen flattern ab in die Grube. Haben selbst nichts zum Zubuttern und können auch ihrer Liederhexe nicht unter die Arme greifen. Das ist der schwache Punkt. Hier ließe sich der Hebel ansetzen… Sarabo fütterte die Detektivmaschine mit dem Postknopf. Auf dem Bildschirm leuchtete folgender Satz auf:

Klaas

Vorbildlicher Postbeamter
Putzt dreimal täglich die Uniformknöpfe
Erscheint stets pünktlich zum Dienst
Versäumte bisher keinen Arbeitstag
Leistete 2374 Überstunden (unbezahlt)
Träumt des Nachts vorwiegend
von krummen Posthörnern und Briefmarken…

Sarabo krauste die Stirn. Damit ließ sich überhaupt nichts anfangen. Er speiste der Maschine Babuschkas Kopftuchfranse ein, drückte die Klinke und las:

Babuschka

Züchtet Bienen, Lebensbäume und Winterastern
Liest viel
Geht am Stock
Kuriert ihr Rheuma mit Brennesseln,
Bienengift und Ackerschachtelhalm
Hat oft Schmerzen, klagt aber nicht…

Das könnte mir noch nützlich werden, dachte Sarabo, während er den Schnürsenkel Alis in den Schlitz der Maschine steckte. Auf dem Bildschirm erschien folgender Text:

Ali

Kluger Kopf
Als Lehrling ziemlich faul
Verwöhnt von Babuschka
und den Eltern
Motorradsportler
Bekommt Herzklopfen,
wenn er Räder sieht...

Sarabo stoppte die Maschine. »Das ist ja ausgezeichnet!« rief er. »Sehr brauchbar! Picobello!«

Er legte Lillis Haarbüschel und Oldis Schnurrhaar beiseite. Dann nahm er den Fliegenden Koffer vom Regal, packte das Töpfchen mit dem süßen Brei hinein, dazu drei vom Dukatenesel frisch gefüllte Goldsäckchen sowie Tarnkappe und Zauberstab. Er trat vor seinen Garderobenspiegel und sagte: »Perlicke perlacke, abracadabra!«, verwandelte sich in einen schönen jungen Händler, schnipste seine sieben Söhne herbei, denen er ebenfalls die Gestalt von Kaufleuten gab, setzte sich mit ihnen in den Fliegenden Koffer, rief: »Auf, nach Klappershausen!«, und weg waren sie.

»Ich krieg ihn schon, den Federkiel!« wiederholte er, pfiff vor sich hin und war guter Dinge. Und seine sieben Söhne pfiffen auch und waren derart aus dem Häuschen vor Unternehmungslust, daß sie um ein Haar alle miteinander aus dem durch die Luft sausenden Gefährt in die Tiefe gestürzt wären.

Der Sonntagsflohmarkt

Fita hatte in der Nacht am Schreibtisch gesessen und Karoline im Morgengrauen das 107. Vogellied abgeliefert. Es erzählte von der blauen Wegwarte, die sommers, gefährdet von vielen Schritten, am Straßenrand blüht, ein zartes Himmelblaublütengefieder trägt und einen festen Stengel hat, der sich schwer brechen läßt. Vielerlei seltsame Namen gab es für die Blume. Fita hatte sie alle fleißig aufgelesen und in ihr Heft geschrieben: Wegweis und Wegeleuchte, Sonnenwedel und Zigeunerblume. Mancherorts schalt man sie aber auch Faule Grete, Hansel am Weg oder gar Verfluchte Jungfer. Fita liebte die schöne tapfere Blume und ihren bitteren Zichorienduft.

Bald schon würden die Vögel überall das Lied von der Wegwarte singen, von ihrer Kraft, ihrem Trotz und ihrem Leuchten. Karoline hatte beim Lesen begeistert gequarrt und war mit der beschriebenen Heftseite im Schnabel eilig zur Vogelchorprobe geflogen.

Müde ließ Fita sich ins Bett fallen. Heut schlaf ich mich aus, dachte sie. Es ist sowieso Sonntag, da kommt meine Familie ohne mich zurecht. Lilli und Oldi können einmal warten. Im Einschlafen sprach sie leise ihre neuen Verse vor sich hin:

Schöne Wegwarte

Es wartet die blaue Blume
am staubigen Wegesrand,
sie strahlt wie ein Zauberlämpchen
aus einem verwunschenen Land.

Sie sah einen Schmetterling schweben
so golden im Frühsonnenschein,
er streifte im Flug ihre Blätter
und flog in den Tag querfeldein.

Sie steht an den Wegen und wartet,
ob Wetter, ob Sturmwinde gehn,
um einmal noch, sei es nur einmal,
den goldenen Falter zu sehn.

Fita erwachte am späten Vormittag und sprang aus dem Bett, weil sie ungewohnten Lärm hörte. Als sie zum Fenster hinaussah, erblickte sie ihrem Haus gegenüber, an der Stelle, wo die Besenstraße in den von verwildertem Rotdorn umstandenen alten Park mündete, eine quirlige Menschenmenge. In der

Mitte des Platzes stand ein geräumiges Hauszelt, von sieben bunt angestrichenen Handelsbuden umgeben. Zwischen zwei Baumstämmen war ein breites zitronengelbes Tuch gespannt, auf dem zu lesen war:

Zum großen Sonntagsflohmarkt
lädt ein: Julius Nickel
Knüller des Tages: Ankauf und
Verkauf alter und neuer Schreibgeräte,
vom Griffel bis zur elektrischen
Kugelkopfschreibmaschine.
Süßer Brei gratis!

Ach, das kommt mir gelegen, dachte sie, da schaffe ich in meinem Schreibtisch endlich einmal Luft. Der quillt schon über vor lauter altem Kram. Seit ich den Federkiel habe, ist mir das viele Zeug zu nichts mehr nütze. Mal sehen, ob mir dieser Julius Nickel etwas dafür zahlt.

Sie sortierte aus ihren Schubladen alte Federhalter, Füller, Kugelschreiber, Faserstifte, Tintenstifte, Ölkreide und Schulgriffel heraus, packte sie in ihre Einholetasche und machte sich auf zum Flohmarkt.

Wie ging es dort bunt und trubelig zu. Lange hatte Fita keinen Markt mehr besucht. Es machte ihr Spaß, die Waren zu bestaunen: Kleider, Jacken, Hosen, Röcke und Schuhzeug; Uhren, Edelsteinringe, Armbänder und Perlenbroschen. Selbst Lampen, Kronleuchter und Kerzenhalter, Körbe, Taschen und Koffer wurden angeboten. Ins Auge fiel ein Stand, wo Zweiräder, vom Fahrrad bis zum Crossmotorrad, ausgestellt waren. Das blitzte und funkelte nur so vor lauter Chrom und buntem Lack. Der Stand war dicht von

Schaulustigen umringt, und Fita glaubte, auch Ali in der Menge erkannt zu haben.

»Hier gibt's was umsonst!« rief ein junger lustiger Händler und verteilte an die Leute süß duftenden Hirsebrei in zierlichen Henkeltöpfchen mit frischen Himbeeren obenauf. Eine Schlange Eßlustiger hatte sich gebildet. Die Leute lachten, und wer gegessen hatte, wischte sich zufrieden den Mund.

Fita schlängelte sich durch die vielen Menschen hindurch und geriet endlich an den Stand, wo Julius Nickel mit Schreibgeräten handelte. Auf dem langen Warentisch lagen zur Ansicht ausgebreitet die schönsten Füllfederhalter mit Stahl-, Silber- und Goldfedern, Dreh- und Druckbleistifte, ein Zimmermannsstift von Spazierstocklänge, auch feine chinesische Pinsel zum Malen von Schriftzeichen.

Was Fita gleich auffiel, war ein gedrechseltes Holzgefäß, in dem ein gutes Dutzend Federkiele staken, die große Ähnlichkeit mit ihrem eigenen besaßen. Sie konnte sich nicht so recht erklären, wieso dieser Anblick ihr Unbehagen bereitete. An der Budenwand entdeckte sie einen angehefteten Zettel mit der Mitteilung:

Extra- und Höchstpreise

für schwarzweiß gemusterte
schreibtüchtige Federkiele ab 30 cm Länge.
Sonderangebot:
Biete für den schönsten Federkiel
ein vollverchromtes fahrtüchtiges
Superminimotorrad.
Angebot gilt nur heute.

Julius Nickel

Fita legte ihren Schreibkram auf den Verkaufstisch und wunderte sich, daß ihr der höfliche Händler, ohne zu feilschen, mit rosinensüßem Lächeln den Ramsch abnahm und sieben Kupferlinge dafür auf den Tisch legte.

Ob sie Ali dafür Motorradhandschuhe kaufte?

Der arme Junge holt sich sonst noch Rheuma, Ischias und Hexenschuß, dachte sie besorgt. Als der Händler ein Paar Handschuhe aus fein gegerbtem Rindsleder vorzeigte, mit roten Mustern verziert und warmem Fell ausgeschlagen, sagte Fita: »Die nehme ich« und ließ sich die Ware vom Händler einpacken.

Trotz des günstigen Geschäftes wurde sie die innere Unruhe nicht los. Irgendwie gefiel es ihr nicht mehr auf dem Markt. Die Buden erschienen ihr plötzlich so grell, die sieben jungen Händler allzu schmeichlerisch, die feilgebotenen Gegenstände allzu verlockend und Julius Nickel allzu gefällig. Sie beeilte sich, das Marktgetriebe hinter sich zu lassen.

Grad als sie wieder in die Besenstraße trat, durchfuhr sie ein neuer Schreck. Ein aufjaulendes, chromblitzendes Minimotorrad jagte vielstimmig hupend an ihr vorbei, so als hätte der Fahrer die Macht über die Bremsen verloren.

Fita sprang zur Seite und schaute dem Gefährt entgeistert nach. Grad erkannte sie noch, daß der Fahrer kein anderer als ihr Sohn Ali war und daß aus dem Auspuff des sausenden Geschosses keine blauen Abgase, sondern Wolken farbiger Luftballons hervorquollen, die langsam in die Höhe quirlten.

Ungewöhnlich. Höchst ungewöhnlich, dachte Fita, von bösen Ahnungen erfüllt. Sie rannte heimwärts, riß die Türen auf, trat Kater Oldi aus Versehen auf den Schwanz und Lilli auf die Pfote, was sie ihr sehr übelnahmen, und stürzte ins Arbeitszimmer.

Hatte Ali etwa den Federkiel für das Minimotorrad eingetauscht? Fita warf einen Blick auf den Schreibtisch. Nein, Ali würde das niemals tun. Sie vertraute ihm. Aber sie wußte auch, daß ihr Sohn noch ein rechter Kindskopf war, zutraulich und leichtgläubig, aber vor allem motorradbesessen.

Da, im weißgepunkteten Krug steckte der schwarzweiße Federkiel, ihr Federkiel, und wartete darauf, in Betrieb genommen zu werden. Fita sank auf den Arbeitsstuhl. Sie zählte bis zehn und ließ dabei die Arme baumeln. Dann sagte sie laut: »Ein Glück! Gott sei Dank! Das ging noch einmal gut!« und klopfte dreimal auf das Holz ihres Schreibtisches, denn manchmal war sie ein bißchen abergläubig.

Als nach einer Weile Fitas Nasenspitze wieder rot war und sie nicht mehr das Gefühl hatte, in einem Waldameisenhaufen zu sitzen, beschloß sie, Karoline auf der Stelle von den Vorkommnissen zu erzählen. Denn wie sie es auch drehte und wendete, der Flohmarkt mitsamt dem Julius Nickel und den sieben jungen Kaufleuten kamen ihr höchst verdächtig vor.

Wie immer, wenn sie es eilig hatte, griff Fita nach dem Federkiel, um kurzerhand durch das Fenster in die Tannenspitze zum Elsternnest zu fliegen. Als sie das Fenster öffnete, sah sie, daß der Rotdornpark, auf dem sich eben noch die Menschen gedrängt und die sieben Marktbuden und das Hauszelt des Julius Nickel gestanden hatten, leer war, wie ausgefegt.

Das geht nicht mit rechten Dingen zu, dachte Fita. Sie sprang auf den Federkiel, um sich durch das Fenster zu schwingen. Aber – es ging nicht. Der Federkiel rührte sich nicht vom Fleck. Sie mochte ihn schütteln und drehen, er machte keine Anstalten, sich in ein Flugmobil zu verwandeln.

Da setzte Fita ihre stärkste Brille auf und betrachtete ihn

genau. Und sie entdeckte – den Betrug. Was sie in der Hand hielt, war nicht ihr Federkiel. Kein anderer als Julius Nickel mußte dieses Gaunerstück gedreht und ihren Federkiel mit einem anderen vertauscht haben. Und als Fita nach einem Weilchen Überlegens begriff, daß Julius Nickel und der Magier Sarabo ein und dieselbe Person sein mußten, wurde die Nase der Liederhexe wieder weiß, und sie hatte erneut das Gefühl, tief in einem Ameisenhaufen zu versinken.

Der Doppeltausch

Die Nacht, die dem höchst seltsamen Flohmarktsonntag voranging, hatte der Eichelhäher in der Spitze des Ahornbaumes verbracht. Im ersten Grauen des Morgens plusterte er sich die Schläfrigkeit aus dem Gefieder und gab sich mit der ihm eigenen Gründlichkeit der Morgenwäsche hin. Sein sechster Sinn aber sagte ihm, daß etwas Außergewöhnliches im Gange war. Er reckte den Hals und schaute um sich. Frühsonnenstrahlen brachen aus dem Horizont, spazierten über die Dächer von Klappershausen und tauchten den Rotdornpark in helles Licht.

War das möglich? Wo kam der Trödelmarkt her? Als der Eichelhäher am Abend zuvor seine Wache angetreten hatte, war ihm, außer daß zwei, wie ihm schien, harmlose Fledermäuse ein paarmal den Park umrundet hatten, nichts Verdächtiges aufgefallen. Was war passiert? Die Sache gefiel ihm nicht. Der Eichelhäher schlug Alarm.

Sein krächzender Ruf brachte auf einen Schlag lebhafte Bewegung in den Garten. Unter dem Vorsitz Karolines versammelte sich in der Tanne der außerordentliche Vogelrat, ergänzt durch die Amsel Tini und Karolines Vettern, die sieben Raben.

»Nicht, daß ich den Teufel an die Wand malen möchte...«, sagte Karoline, »aber ich fresse einen Besen, wenn das mit dem Trödelmarkt nicht einen Haken hat. Ich schlage vor, daß wir uns die Sache sofort aus nächster Nähe betrachten.«

»Soll ich Hexe Fita Bescheid geben?« fragte Amsel Tini.

»Besser nicht«, erwiderte Karoline fürsorglich. »Sie hat die Nacht über gedichtet und braucht ihre Ruhe. Wir machen das schon. Das ist unser Amt.«

Jeder Vogel übernahm seine Aufgabe. Die sieben Raben mußten sich als Reserve in der Tanne verstecken, drei Spatzen- und zwei Meisenkommandos besetzten unauffällig die Dächer der Marktbuden, Elster Karoline postierte sich auf einem Peitschenmast, in dessen Nähe der Verkaufsstand für Zweiräder aufgebaut war. Amsel Tini aber wurde beauftragt, den Chef des Flohmarktes, Julius Nickel, genauestens unter die Lupe zu nehmen.

Als Tini auf dem Dach der Marktbude landete, pries der Schreibwarenhändler gerade lautstark die Waren an. Beim Klang seiner Stimme durchfuhr Tini ein solcher Schreck, daß sie beinahe von der Dachkante auf den Ladentisch gestürzt wäre. Sie traute Augen und Ohren nicht. Der freundliche Händler, ein krausköpfiger Blondschopf in rotweißkariertem Hemd und vorgebundener Lederschürze, hatte eine Stimme, die der des Magiers Sarabo zum Verwechseln ähnlich war. Täuschte sie sich?

Tini, die ein erstklassiges Gehör besaß, erkannte schnell,

daß in dem höflichen Kaufmann Julius Nickel niemand anderes steckte als der Magier Sarabo.

Eilig flog sie von Bude zu Bude. Ihr Verdacht bestätigte sich: Die vermeintlichen Trödler hinter den Ladentischen waren die sieben verkleideten und maskierten Söhne Sarabos.

So schnell die Flügel sie trugen, eilte sie zu Karoline, um ihr die wichtige Nachricht zu überbringen.

Der Elster verschlug es die Sprache. Dann sagte sie: »Oh, oh, oh! Beinahe wären wir in Sarabos Falle getappt. Tini, weißt du überhaupt, was deine Nachricht wert ist?«

Auf der Stelle verstärkten die Vögel ihre Wachen in der Hainbuchenhecke, auf den Bäumen des Gartens und im Rotdorn rings um den Park. Den sieben Raben wurde befohlen, sich in der Nähe von Nickels Verkaufsbude zu verbergen. Kaum hatten die Kommandos sich auf den Weg gemacht, als Karoline sah, daß Ali, Fitas Sohn, vor dem Zweiradstand eingetroffen war und die Feuerstühle, besonders das verchromte Minimotorrad, mit begehrlichen Blicken verschlang. Verzückt lauschte er den gepfefferten Werbesprüchen, die dem Händler, es war Tertius, gewandt und blumig von der Zunge gingen.

»Würde was drum geben, auf dem tollen Schlitten eine Runde fahren zu können«, sagte Ali.

»Alles hat seinen Preis«, sagte der Händler.

»Was würde der Feuerstuhl denn kosten?« fragte der Junge.

»Einen Federkiel! Steht doch angeschlagen. Der Boss, was Julius Nickel ist, der sammelt alte schöne Schreibfederkiele. Der ist darauf so scharf wie du auf Motorräder. Ein anderer Preis kommt nicht in Frage.«

Ali sah bekümmert drein. »Da muß ich passen«, sagte er,

brachte es aber nicht fertig, das Minimotorrad aus den Augen zu lassen. »Allerdings, bei meiner Mutter steht so ein Ding auf dem Schreibtisch...«

Hätte Ali dem Händler ins Gesicht geschaut, wäre ihm aufgefallen, wie dessen schwarze Augen triumphierend aufblitzten. Aber er war unerfahren und ohne Argwohn, beguckte sich weiter das Fahrzeug, bestaunte Lampen, Auspuff, Bremsen und die wundervolle mehrstimmige Hupe, die der Händler ihn großzügig ausprobieren ließ, bedankte sich höflich und wandte sich zum Gehen.

»Du könntest mir den Federkiel deiner Mutter doch mal zeigen«, sagte der Händler da. »Klar, daß du ihn nicht verkaufen darfst. Er gehört dir ja nicht. Aber mal zeigen macht nichts. Du darfst dafür auch eine Runde auf dem Minimotorrad fahren. Ausnahmsweise.«

»Fürs Zeigen? Und ich kriege den Federkiel nach der Runde gleich wieder?«

»Mein Wort darauf«, sagte der Händler.

Ali sauste wie ein geölter Blitz davon und übergab wenig später dem Händler den Federkiel.

Karoline, auf dem Peitschenmast sitzend, war kein Wort entgangen. So angestrengt hatte sie gelauscht, daß ihr die linke Kralle eingeschlafen war. Sie überlegte fieberhaft: Sollte sie die Weitergabe des Federkiels an Sarabo durch die Vogelkommandos verhindern lassen? Nein, die erfahrene Elster hatte eine bessere Idee.

Sie schaute seelenruhig zu, wie der Händler Tertius das Minimotorrad auf die Straße rollte, wie Ali aufsprang und davonkariolte. Kurz darauf machte sich der Sohn des Magiers mit seiner kostbaren Beute auf den Weg zum Schreibwarenstand des Julius Nickel. Die Elster folgte ihm auf dem Fuß.

»Die Sache ist gelaufen«, sagte Tertius triumphierend und gab Sarabo den geraubten Federkiel.

Des Magiers Augen funkelten begehrlich. Hastig griff er nach dem Kiel, musterte ihn aufmerksam und steckte ihn in das gedrechselte Holzgefäß zu den anderen Schreibgeräten. Zwar hätte er das Zauberding am liebsten an Ort und Stelle ausprobiert, es zuckte ihm nur so in den Fingern, aber – vorsichtig und schlau wie er war, hob Sarabo sich das Vergnügen für später auf, wenn er mit der Beute auf Schloß Fortissimo sein würde, in Sicherheit vor dem lästigen Vogelvolk.

»Na also!« rief er, umarmte schulterklopfend Tertius und strich sich frohlockend den falschen Bart.

»Nun haben wir dich im Sack, widerborstige Tintenklexerin. Versuch's nur, dein Dichterroß zu besteigen. Die Bruchlandung kommt bestimmt. Du wirst uns die Nachtigallenhatz und das Jubiläum nicht vermasseln.«

Sarabo schlug sich lachend auf die Schenkel. Der Kamm schwoll ihm derart, daß er, simsalabim, eine violette Wolke herbeischnipste und es über den Rotdornpark knallbunte Gummitiere und dicke Schokoladenmaikäfer regnen ließ.

Die kauflustige Menge begann sich um die süßen Wolkengeschenke zu balgen, was dem Magier zusätzlich Pläsier bereitete.

Als Ali begeistert und mit staubverschmierter Nase auf dem Minimotorrad zurückkam, erwartete ihn der Kaufmann Tertius mit falschem Lächeln.

»Der Schreibkiel deiner Mutter ist leider nichts wert«, sagte er. »Die Feder hat nicht den rechten Glanz. Hier hast du sie wieder. Na, nichts für ungut.«

Er drückte dem Jungen das vertauschte Stück in die Hand und wandte sich einem wartenden Kunden zu. Ali aber zuckte die Achseln und beeilte sich, nach Hause zu kommen, wo er das Schreibgerät kurz vor der Ankunft seiner Mutter in den blauen Krug stellte.

Inzwischen hatte die Elster Karoline den betrügerischen Händler keinen Augenblick aus den Augen gelassen. Unauffällig war sie ihm zum Schreibwarenstand gefolgt, wo sie mit wild klopfendem Herzen die Übergabe des Federkiels an Sarabo beobachtete. Warte, du falscher Nickel! Wer zuletzt lacht, lacht am besten, dachte sie. Die lärmende Balgerei der Menge um die Süßigkeiten lenkte die Aufmerksamkeit des Magiers ab. Die Elster rupfte sich den schönsten schwarzweißen Federkiel aus dem Schwanz, flog in elegantem Gleitflug vom Marktbudendach über den Ladentisch hinweg und vertauschte dabei die eine Feder gegen die andere.

Kaum war ihr das, von Sarabo unbemerkt, geglückt, als sie plötzlich zur Notlandung auf dem nächsten Telegrafenmast gezwungen wurde. Von einem Augenblick zum anderen senkte sich eine schwefelgelbe Wolke über den Trödelmarkt, aus der ein Platzregen von Knallerbsen fiel. Nachdem sich das ohrenerschütternde Bängbum und Piffpaff verzogen hatte, sah Karoline voll Staunen, daß die Marktbuden mitsamt den Händlern aus dem Rotdornpark verschwunden waren und die Klappershausener Kauflustigen die Hälse reckten, um einem fliegenden Koffer nachzusehen, der in halsbrecherischem Zickzack dem Horizont zustrebte.

Karoline lupfte die Flügel zum Start, um den kostbaren Federkiel in Fitas Arbeitszimmer abzuliefern. Doch schon nach wenigen Flugmetern stürzten sich aus einem Hinterhalt in der Parkhecke zwei kräftige Fledermäuse, es waren Stix und Pix, auf die überraschte Elster und versuchten, ihr die Zauberfeder zu entreißen.

Ein Kampf mit Schnäbeln und Krallen entfaltete sich, Fetzen und Federn flogen. Trotz ihrer Tapferkeit hätte Karoline den kürzeren gezogen, wären nicht die Raben aus ihrer Dekkung gestürmt, um die Angreifer abzuwehren. Nach einer kurzen heftigen Rauferei überwältigten die sieben schwarzen Gesellen ihre Widersacher und sperrten sie in den verlassenen Taubenschlag der alten Feuerwache von Klappershausen.

»Die beiden Schnüffelnasen können uns noch gute Dienste leisten«, sagte die umsichtige Karoline und befahl den hartfedrigen Haudegen, den Taubenschlag gewissenhaft zu bewachen.

Ein wenig später landete die Elster mit dem Federkiel im Schnabel, mit zerrupftem Gefieder und geplündertem Schwanz schwungvoll auf Fitas Schreibtisch und sah, daß die Liederhexe mit weißer Nase und geschlossenen Augen auf dem Sofa lag.

»So ein Malheur!« rief Karoline. »Und noch dazu an einem Sonntag!«

Mit den starken Flügeln fächelte sie Fita frische Luft auf Stirn und Nase und rief: »Komm zu dir, Liederhexe! Es ist alles in Butter! Sogar in Butter und Speck!«

Da schlug Fita die Augen auf und sagte: »Wie ungemütlich. Nie wieder schlafe ich in einem Ameisenhaufen.«

Elster Karoline aber holte mit Stolz den echten Federkiel unter ihrem Flügel hervor, steckte ihn in den blauen Krug mit den weißen Punkten und flog, nachdem sie der Liederhexe Bericht erstattet hatte, mit einer Glasmurmel aus Fitas Setzkasten im Schnabel, zufrieden zum Fenster hinaus zu ihrem Elsterich Karl, der in der Tanne wartete.

Als die Familie des klappergrauen Mietshauses sich am Nachmittag bei schwarzem Tee und Streuselkuchen ausge-

ruht und satt geplauscht hatte, nahm Fita ihren Sohn beiseite und erzählte ihm, was sich zugetragen hatte.

Da wunderte sich Ali, schwieg eine Weile still und sagte nachdenklich: »Was bin ich doch für ein vergißmeinnichtblauer Oberochsenriesenpantoffel!« Und dieses treffliche Wort hatte er selbst erfunden.

Feuerzauber in Sarabanda

Endlich! dachte Sarabo zufrieden, als der Fliegende Koffer wieder in Sarabanda gelandet war. Jetzt kommt mir die verflixte Liederhexe nicht mehr in die Quere. Ihren Federkiel kann sie suchen, bis sie schwarz wird. Gleich gibt's einen schönen Feuerzauber.

Er ließ aus Kienspänen und viel trockenem Holz einen stattlichen Scheiterhaufen aufstapeln, warf eigenhändig den vermeintlichen Federkiel mitsamt den übrigen auf dem Flohmarkt erhandelten Schreibgerätschaften darauf und ballerte aus seinem Zauberstab eine Ladung Blitze hinein. Schon loderte das Feuer auf, Rauchschwaden erhoben sich, Funken sprangen knisternd in die Luft. Die sieben Söhne Sarabos dudelten auf ihren goldenen Flöten, der Magier hüpfte wie narrig um das Feuer herum, während die verzauberten Stadtbewohner in den Straßen tanzten und dabei brennende Pechfackeln schwenkten.

»Abracadabra! Perlicke perlacke!« schrie der Magier und ließ ein Feuerwerk von Raketen, Blitzen und Böllerschüssen los, veranstaltete ein solches Ratschbum und Geknall, daß die Häuser von Sarabanda wackelten.

»Wir lassen uns von der Liederhexe Fita nicht die Nachtigallensuppe versalzen!« schrie er. »Die Vögel gehören in den Topf, basta!«

»Basta!« schrien auch die Söhne des Magiers und bliesen in die Flöten, bis ihnen die Ohren sausten.

Am nächsten Morgen klopfte es heftig an der Schlafzimmertür des Magiers. Sarabo erwachte mit einem Schädel, der Ähnlichkeit mit einer Baßgeige hatte. Nach dem Feuerzauber hatte er nämlich seinen Triumph mit sieben Flaschen Bocksbeutelwein begossen. Voll wie ein Dudelsack und sehr zufrieden war er unter den lilafarbenen Betthimmeln in schweren Schlaf gesunken. »Kruzitürken!« brüllte er. »Welche Salatschnecke kommt auf den Einfall, mich so früh zu wecken?«

Mit schlotternden Flügeln lugten Stix und Pix durch den

Türspalt, näherten sich dann ängstlich dem Bett und legten einen Stapel beschriebener Blätter auf das Kissen des Magiers.

»Es ist von allerhöchster Wichtigkeit«, stotterten sie. »Diese Blätter flatterten heute früh überall durch die Straßen der Stadt. Sie hingen in den Bäumen, lagen auf den Dächern und hatten sich sogar am Wetterhahn des Palastes verfangen. Wir beobachteten noch, wie ein dichter Schwarm von Lachmöwen in ziemlicher Höhe kreischend über Sarabanda hinwegflog.«

Sarabo riß die Augenlider hoch, und nachdem er einen Blick auf die Zettel geworfen hatte, schoß er aus dem Bett wie eine Kugel aus dem Gewehrlauf und machte ein Gesicht, als sei ihm ein Schürhaken in den Hals geraten.

Ein Wunder war das nicht. Denn Sarabo hielt das neueste Lied der Federkielhexe in der Hand, ein Spottlied auf ihn, den Magier, das sie gleich nach seinem Abflug aus Klappershausen geschrieben hatte. Es hieß »Lied vom betrogenen Betrüger« und erzählte die Geschichte vom falschen Flohmarkt und den vertauschten Federkielen.

Lied vom betrogenen Betrüger

Da seht den großen Magier,
den mächtgen Sarabo!
Grub andern eine Grube.
Fiel selber rein. Oho!

Verhaßt ist ihm des Vogels
verwegen schönes Lied,
das so wie Wind und Wolken
frei durch die Lande zieht.

Er stahl der Liederhexe
den Zauberfederkiel,
denn ihre Lieder störten
sein böses Gaukelspiel.

Doch haben ihm die Vögel,
verwegen und gewitzt,
die Feder vor der Nase
vertauscht und wegstibitzt.

Er warf den Kiel ins Feuer
voll Lust und Eleganz.
Doch was in Flammen aufging,
war nur der Elster Schwanz.

Es kocht vor Wut und Ärger
der mächtge Sarabo.
Dagegen sind die Vögel
und Hexe Fita froh.

Ach, Magier, laß dir sagen
und schicke dich darein:
Die Vögel und die Lieder –
du fängst sie niemals ein.

Stix und Pix berichteten, daß das Lied bereits von den Spatzen auf den Dächern gezwitschert, von den Hähnen auf dem Mist gekräht, von den Enten im Teich geschnattert wurde und daß alle Welt über Sarabo lachte.

Dem Magier schwollen die Zornadern der Schläfen, er zerriß das Papier und sprang mit nackten Sohlen darauf herum, als sei er von einer Tarantel gestochen. »Hat mir doch die Hexe wieder eine Nase gedreht!« schrie er. Sein Ärger ent-

lud sich auf Stix und Pix. »Ihr dreimal verflixten Pechvögel! Auf den Hund bringt ihr mich. Man sollte euch in der Luft zerreißen! Oh! Perlicke perlacke! In die Flasche mit euch!«

Sarabo stöpselte die grüne Flasche mit den beiden Unglücksboten darin fest zu und stellte sie in den dunkelsten Winkel seines Schrankes.

Jetzt wird es ernst, dachte er. Ich muß mir wirklich etwas einfallen lassen. Sonst guck ich im Frühling, wenn die Nachtigallen aus dem Süden zurückkommen, in den Mond. Waldemar Grips muß ran. Der Alte hat was auf dem Kasten. Und für Knoblauch und ein paar Pimperlinge kann ich ihn mir kaufen.

Unverzüglich schnipste Sarabo sich seine schwarzen Drachenflügel an den Rücken und flog zu dem kauzigen Tüftler, der in dem kleinen abgelegenen Städtchen Gripsbergen wohnte.

Der findige Forscher Waldemar Grips dachte immerfort nur an seine Wissenschaft und an neue Knobeleien. Nichts anderes hatte in seinem Kopf Platz. So hatte er auch übersehen, daß seine Vorräte, die er von Sarabo als Bezahlung für die Detektivmaschine erhalten hatte, aufgebraucht waren. Äpfel, Eier und Knoblauch waren verzehrt, aus den Schafwollsokken lugten schon seine Zehen hervor, und im Ofen verbrannten die letzten Holzscheite. Der Erfinder schob Kohldampf. Als Sarabo durch die Tür der Werkstatt trat, kam ihm der Besuch durchaus gelegen.

»Du mußt mir aus der Patsche helfen«, sagte Sarabo und ließ sich zeigen, was Grips Neues ausgeknobelt hatte. Er besah sich die Kartoffelpufferschnellbackmaschine, den automatischen Hausaufgabeneinpauker für Kinder, den selbsttätigen Putzteufel für berufstätige Hausfrauen und die Schwindelmeiermaschine für Leute, die ohne faule Ausreden nicht auskommen.

»Kram. Kann ich nicht brauchen«, brummte Sarabo. »Und was ist das?« fragte er griesgrämig. Er blieb vor einem drehbaren Messinggestell stehen, in dem ein vielseitig geschliffener, wundersam leuchtender Kristall hing, der in alle Richtungen verschiedenfarbige Lichtbündel ausstrahlte. Auf der Spitze des Gestelles befand sich ein geräumiger Messingtrichter.

Waldemar Grips sagte stolz: »Meine letzte Erfindung. Ein Wortschlucker.

Das Gerät ist leicht zu bedienen«, sagte Grips. »Eigentlich habe ich es erfunden, um dem Kaiser von Plapperduzien einen Streich zu spielen, der so eingebildet ist, daß er Tag für Tag seine Einwohner mit albernen Reden langweilt, die dümmer sind, als die Polizei erlaubt. Wenn ich nun Namen und Adresse des Kaisers in den Messingtrichter spreche, stellt sich der bewegliche Kristall automatisch auf den Kaiser ein und verschluckt, wenn er gerade eine Rede redet, alle Wörter, die ihm auf der Zunge liegen. Für die Einwohner von Plapperduzien ist diese Maschine ein Segen...«

Sarabo unterbrach den Erfinder. »Und das kann die Maschine mit jeder x-beliebigen Person machen?« fragte er aufgeregt.

»Mit jeder«, antwortete Waldemar Grips.

Wenig später unterschrieben Grips und Sarabo ein Schriftstück, auf dem zu lesen war:

Vertrag

Waldemar Grips aus Gripsbergen
verkauft an Sarabo aus Sarabanda
die Wortschluckermaschine.

Sarabo zahlt dafür jährlich:

1. *einen Sack Äpfel,*
   Sorte »Feinsliebchen«
2. *einen Sack Knoblauch,*
   Sorte »Zarte Hoffnung«
3. *hundert frische Hühnereier,*
   Sorte »Ochsenauge«
4. *zwölf Paar weiße handgestrickte*
   Schafwollsocken
5. *zehn Meter Brennholz,*
   kienhaltig, gehackt.

Sarabo und Grips besiegelten das Geschäft mit einem Schluck Hagebuttenlikör, den der Erfinder selbst gebraut hatte. Dann kehrte der Magier triumphierend mit der Maschine nach Sarabanda zurück und schleppte sie eigenhändig in den Zauberkeller.

»Nun kannst du etwas erleben, Hexe Fita«, sagte er zähneknirschend.

Vor sich hin trällernd ging Sarabo dann in sein Schlafzimmer, holte die grüne Flasche heraus, befreite Stix und Pix und gab ihnen die Gestalt von Fledermäusen zurück.

»Ab mit euch nach Klappershausen!« sagte er. »Und daß ihr mir ja alles erschnüffelt, was sich rund um die Liederhexe Fita tut.«

Hätte Sarabo aber geahnt, was mit Stix und Pix während ihrer Gefangenschaft bei Karoline in Klappershausen passiert war, es hätte ihm die Schuhe ausgezogen. Oh, niemals wären die Kundschafter aus dem gläsernen Gefängnis herausgekommen, niemals hätten sie Klappershausen wiedergesehen. Er wußte nicht, daß die beiden Fledermäuse die Zeit, als sie in dem Taubenschlag der Feuerwache einsaßen, zum Nachdenken über ihr mißliches Leben genutzt hatten. Bei einem Besuch, den Karoline den Gefangenen abstattete, hatten sie sich der erfahrenen Elster anvertraut. Die Fledermäuse beklagten ihr Los als Prügelknaben und Schnüffelnasen des Magiers, der seinen Unmut über die eigenen Mißerfolge ständig an ihnen ausließ und sie wochenlang in der grünen Flasche hocken ließ. Nein, Stix und Pix hatten sich entschlossen, ihr Leben zu ändern und den Dienst beim Magier zu quittieren.

Auf der Vogelversammlung wurde dann der ungewöhnliche Fall gründlich beraten. Schließlich erklärten sich die Vögel bereit, die Fledermäuse auf Probe in die Familie der fliegenden Völker aufzunehmen. Stix und Pix versprachen den Vögeln und der Liederhexe treue Freundschaft, und sie waren nach der Gefangenschaft im Taubenschlag nur deswegen nach Sarabanda zurückgekehrt, um die Pläne Sarabos gegen Fita, mit denen die Vogelwelt rechnete, auszukundschaften.

Ein gefährliches Unternehmen. Aber Stix und Pix gingen das Risiko gerne ein, weil sie sich der gütigen Elster und dem liebenswerten Vogelvolk dankbar erweisen und das ihnen geschenkte Vertrauen rechtfertigen wollten.

In Sarabos drittem Plan steckte also, ohne daß der Magier dies auch nur im geringsten vermutete, schon der Wurm.

Der Wortschlucker

Die Nacht über hatte es in Klappershausen klatschnassen Schnee geschneit. Als Fita am Morgen die Tür öffnete, bemerkte sie auf der weißen Schneedecke des Gartens graue Wasserflecke. Sie zog Gummistiefel an, nahm den Reisigbesen und fegte den Torweg frei. Unter ihren Sohlen quietschte das Wasser, von den Birkenzweigen perlten Tropfen, das schwarze Geäst des Birnenbaumes glänzte frisch gewaschen. Die Tannen- und Lebensbäume atmeten Duft aus, schüttelten sich im Wind und wisperten. In der Kastanie am Zaun versammelte sich eine vielköpfige Krähengesellschaft, die heiter über den Wetterumschlag schnackte und sich den Winter aus den Federn putzte.

»Bald kommt der Frühling. Krah!« sagte die Krähenurgroßmutter. »Ich spüre den Wetterwandel in meiner rechten Kralle.« Als sie das ausgesprochen hatte, rollte die Sonne hinter der Schneewolkenwand hervor und vergoldete mit ihrem Strahlenpinsel Fitas Garten und alles, was darinnen war: die schwatzenden Krähen, Oldi auf dem Schuppendach, Lilli, die sich im Schnee wälzte, und Karolines Nest im Tannenwipfel. Die Wassertropfen und Rinnsale, der matschige Schnee, die Dachpappe und die alte Gartenbank, alles begann zu leuchten und zu leben. In einer Pfütze am Rande des winterlich kahlen Rosenbeetes badete die Amsel Tini. Wie das Vögelchen mit den Flügeln auf das Wasser schlug, tauchte, sich die Tropfen vom Gefieder schüttelte und herzensfroh dazu sang und pfiff!

»Schön ist das alles!« rief Fita, stellte den Besen ab, zog Stiefel und Strümpfe aus und patschte barfuß über Schnee und feuchten Rasen. Das tat gut.

Sie stellte sich unter die junge Birke, rüttelte das Bäumchen und ließ sich pladdernaß regnen. Auch der Gartenweg atmete Wasserdunst aus. Auf einer schneefreien Stelle stand eine rosa Gänseblume, die Fita wie eine kleine Sonne in das Gesicht leuchtete. In einem Wasserrinnsal paddelte ein verschlafener Marienkäfer, den sie vorsichtig herausfischte und zum Trocknen auf die weichen rosigen Blütenblätter setzte.

Die Krähenurgroßmutter hatte recht. Der Frühling war schon unterwegs. Fita ahnte so stark und freudig seine Schritte, daß ihr das Frühlingslied, das sie den Vögeln zur Heimkehr von der Winterreise versprochen hatte, wie ein Lenzbach aus dem Herzen sprudelte und drängend über die Lippen wollte.

Ich muß es aufschreiben! dachte Fita.

Sie sprang mit vom Schneewasser geröteten Füßen in das

Haus, setzte sich an den Schreibtisch und griff atemlos nach dem Federkiel. Aber … im selben Augenblick verschwand das Lied, entwischte und war wie weggeblasen.

Fita sprang auf, lief von einer Ecke des Zimmers in die andere, trank eine Kanne schwarzen Kaffee, machte siebenmal Kopfstand und zwölf Kniebeugen, rieb sich die Stirn, setzte sich in den Schaukelstuhl, grübelte und grübelte… Aber sie konnte machen, was sie wollte. Das Lied blieb verschwunden. Aufgeregt lief Fita in den Garten. Vielleicht half die frische Luft ihrem leergefegten Kopf. Während sie das vom Winterwind abgebrochene Gezweig unter den Bäumen aufsammelte und zu einem Reisighaufen stapelte, versuchte sie, sich des Liedes zu erinnern. Es ging nicht.

Dann räume ich eben den Topfschrank auf, dachte sie, vielleicht fällt es mir dabei wieder ein. Doch nachdem sie sechs Suppentöpfe, zwei Schmortiegel, drei Bratpfannen, zwei Backbleche und den Teekessel blank gescheuert und in die Regale sortiert hatte, konnte sie sich noch immer nicht auf das Lied besinnen. Da versorgte sie eilig ihre Familie, Klaas war wieder einmal unterwegs, und legte sich früh zu Bett. Der Morgen ist klüger als der Abend, dachte sie, verstopfte die Ohren mit Watte und schlief ein.

Am nächsten Tag erschrak Fita gewaltig, als sie gleich, noch im Nachthemd, an den Schreibtisch lief, den Federkiel nahm, um die Verse aufzuschreiben, und das Lied noch immer verschwunden blieb, als hätte der Erdboden es verschluckt. Zu allem Verdruß erschien auch noch Karoline auf dem Fenstersims, pochte mit dem Schnabel gegen die Scheibe, wünschte Fita einen wunderwunderschönen Tag und rief: »Wie weit bist du mit dem Frühlingslied, Fita? Die Nachtigallen können jeden Tag heimkehren. Es wird Zeit.«

Da erzählte Fita der guten Karoline, was ihr gestern geschehen war und daß das Lied fort sei. Sie ließ den Kopf hängen, weinte sich die Augen rot und klagte: »Oh, ich bin eine schlechte Liederhexe. Denn mir fällt kein einziges, nicht das kleinste Lied mehr ein.«

Karoline wiegte nachdenklich den klugen Kopf und sagte: »Die Sache gefällt mir nicht. Weiß Gott, was dahintersteckt.«

Sie brachte Fita rasch ein Körbchen mit getrockneten Brombeeren und ein Säckchen mit Haselnüssen.

»Das wird dich kräftigen«, sagte sie fürsorglich. »Und mach dir keine dummen Gedanken. Du bist eine gute Liederhexe.«

In den nächsten Tagen wurde es wärmer und wärmer. Die Sonne putzte den Schnee aus dem Garten. Die ersten Schneeglöckchen läuteten, Krokusse und Leberblümchen wagten sich aus der Erde.

Elster Karoline aber und mit ihr der Vogelrat machten sich große Sorgen. Unruhe ergriff allmählich die Vögel. Wenn sich nichts tat, mußten die heimkehrenden Schwärme in Sarabos Netzen landen. Fita lief es kalt über den Rücken, wenn sie sich das Unglück vorstellte. Sie raufte sich die Haare, schlief keine Nacht mehr und hätte vielleicht ganz den Mut verloren, wenn Klaas ihr nicht gut zugeredet hätte.

Eines Morgens gab der Eichelhäher, der wieder im Ahorn auf Wache saß, aufgeregt Signal. »Stix und Pix sind da!«

Die Späher verlangten auf der Stelle die Einberufung des Vogelrates. Dort legten sie aufregende Nachrichten vor, die endlich Licht in die dunkle Angelegenheit brachten.

Nachdem Sarabo nämlich Stix und Pix aus der grünen Flasche gelassen hatte, waren die beiden nicht, wie vom Magier befohlen, nach Klappershausen gereist, sondern heimlich in

den Zauberkeller gehuscht, um die bösen Absichten des Schwarzkünstlers gegen die Liederhexe zu erkunden.

Sie hatten gesehen, wie Sarabo dem Wortschlucker Fitas Namen und Adresse eingespeist hatte und wie der drehbare Kristall violette Strahlen in Richtung Klappershausen auszusenden begann. Drei lange Tage mußten Stix und Pix im Keller zubringen, bis es ihnen gelang, unbemerkt zu entkommen.

»Bravo! Stix und Pix! Bravo!« riefen die Vögel nach dem aufsehenerregenden Bericht. Den Spähern tat das Lob gut. Denn durch Sarabo war ihnen niemals Dank noch Gerechtigkeit widerfahren.

Karoline klapperte aufgeregt mit dem Schnabel. »Die Sonne bringt über kurz oder lang doch alles an den Tag. Jetzt wissen wir endlich, wohin Fitas Frühlingslied entschwunden ist. Der Wortschlucker hat es in seinem Bauch«, sagte Karoline. »Mir schwante gleich etwas...«

»Aber wie setzen wir die gefährliche Maschine außer Betrieb?« rief Elsterich Karl.

Die Vögel redeten hin und her. Dann meldeten sich Stix und Pix noch einmal zu Wort. »Wir müssen den Erfinder Waldemar Grips aufsuchen. Er hat den Wortschlucker gebaut, und nur er kann uns raten. Es gibt keine andere Möglichkeit.«

»Und wie verständigen wir uns mit ihm?« fragte Karoline. »Er versteht doch die Vogelsprache nicht.«

Stix und Pix riefen: »Keine Sorge. Grips hat den Papperlapp.«

Karoline schaute verständnislos drein. »Den Papperlapp? Was soll das bitte sein, wenn man fragen darf?«

Da erzählten die Fledermäuse den Vögeln, daß Waldemar Grips schon vor sieben Jahren eine Dolmetschermaschine erfunden hatte, mit Hilfe derer er sich mit Tieren und sogar mit Pflanzen verständigen konnte. Der Papperlapp hatte die Form eines Schlüssels, den der alte Erfinder stets um den Hals trug.

»Dann könnte Grips sich auch mit einem Ohrenkneifer unterhalten?« fragte Karoline ungläubig.

»Auch mit einem indischen Elefanten oder mit einer Meeresqualle«, antworteten Stix und Pix.

»Mit einem Holzwurm auch?« fragte Amsel Tini.

»Sogar mit einer Nacktschnecke«, erwiderten die Späher.

»Wer hätte das gedacht. Was es doch alles gibt zwischen Himmel und Erde“, krächzte Elsterich Karl verwundert.

Knoblauch und Gerechtigkeit

Bevor Karoline sich im Morgengrauen des nächsten Tages in Gesellschaft der sieben Raben und der beiden Fledermäuse auf die Reise zu Waldemar Grips machte, heftete sie mit einer blanken Reißzwecke, an der sie sehr hing, einen Zettel an Fitas Fenster.

Alles wird gut.
Mach Dir keine Sorgen.
Bin bald zurück.

Karoline

Nach eiligem und anstrengendem Flug erreichte die Gruppe das verschlafene Städtchen Gripsbergen mit seinem schräg stehenden Kirchturm und den winkligen krummen Gassen. Auf dem Dach eines windschiefen Häuschens, mit einem noch schieferen Schornstein darauf, landeten die Reisenden.

»Hier wohnt Grips«, sagten Stix und Pix.

Karoline klingelte. Sofort öffnete sich quietschend die Gartenpforte, und eine metallische Schepperstimme sagte: »Herein. Immer geradeaus!«

Die Besucher folgten der Aufforderung.

In der Küche saß Waldemar Grips, frühstückte und plauderte dabei mit seinen Goldfischen, die in einem Aquarium, das auf dem Küchentisch stand, umherschwammen. Um den Hals trug er ein kupfernes Kettchen, an dem ein zierlicher Schlüssel baumelte, in den allerlei Schriftzeichen eingraviert waren.

Als Karoline mit ihren Gefährten eintrat, biß der Forscher eben in ein rundes dickes Butterbrot, auf dem zwölf mit Salz bestreute Knoblauchzehen lagen. Er kaute mit Genuß und sagte: »Worum geht's? Bitte kurz! Meine Zeit ist knapp.«

Karoline fand, daß dies nicht gerade ein gastfreundlicher Empfang war, sie plusterte sich auf und wippte ärgerlich mit dem Schwanz. Sie sagte so ruhig wie möglich: »Wir kommen in einer ernsten Angelegenheit.«

Der Forscher biß in sein Butterbrot, verspeiste mit Genuß zwei Knoblauchzehen, warf einige Krümel ins Aquarium und brummte: »Ohne Vorrede. Zur Sache, wenn ich bitten darf!«

Da platzte der Elster Karoline der Kragen. Sie rief: »Also. Sie sitzen hier gemütlich in der Küche herum, stopfen sich den Bauch mit Knoblauch aus, und die ganze übrige Weltgeschichte ist Ihnen schnurz. Vielleicht fliegen morgen schon Hunderte von Nachtigallen in die Netze des Sarabo. Und Sie sind daran schuld. Schämen Sie sich! Möge Ihnen doch der Bissen im Halse steckenbleiben!«

Karoline schlug aufgeregt mit den Flügeln, die sieben Raben schauten grimmig drein, und auch Stix und Pix ließen ein ungemütliches schrilles Pfeifen hören.

Grips verschluckte sich, hustete wie ein verstopfter Auspuff, schnappte nach Luft und sagte dann hochmütig: »Madame, bei Ihnen geht wohl das Rädchen linksrum? Ich zähle bis drei. Wenn Sie mir dann noch immer nicht erklärt haben, was Sache ist, werfe ich Sie hinaus! Capito? Eins, zwei...«

Bevor Waldemar Grips »drei« sagte, hatte sich die kluge Elster gefaßt.

»Entschuldigen Sie. Es war nicht so gemeint...« Und dann erzählte sie dem Erfinder, in welche Nöte er die Vögel und die

Liederhexe durch den Verkauf des Wortschluckers an Sarabo gebracht hatte.

»Warum haben Sie das nicht gleich gesagt?« fragte Grips düster und legte das Butterbrot aus der Hand. »Das ist ein echter Schlamassel, der sich unter Umständen zur Katastrophe auswächst.« Er stützte das Kinn auf die Hand und ging mit sich zu Rate.

Karoline aber krächzte erregt: »Warum passen Sie denn nicht auf, wer was mit Ihrer Erfindung macht? Das darf Ihnen doch nicht einfach piepe, schnurz und Wurscht sein! Als Mann mit Grips im Kopf hat man Verantwortung. Oder?«

Waldemar Grips antwortete nicht. Er winkte mit der Hand ab, holte den Vertrag über den Verkauf des Wortschluckers an Sarabo aus dem Spind und warf ihn in den Küchenofen. Dann ging er, gefolgt von seinen Besuchern, in die Werkstatt und drückte auf den violetten Knopf des Supercapitos, der die Programme sämtlicher von Grips erfundener Maschinen speicherte. Vom Supercapito aus war es dem Wissenschaftler jederzeit möglich, die Tätigkeit seiner Apparaturen zu beobachten und, falls nötig, sogar zu steuern.

»Stop!« sagte Waldemar Grips. Und damit hatte er die Wortschluckermaschine ausgeschaltet.

Die Elster, Stix und Pix sowie die sieben Raben verfolgten mit Spannung die Handgriffe des Wissenschaftlers und bedankten sich herzlich für die Hilfe, die der alte Griesgram ihnen erwiesen hatte.

»Mir fällt ein Stein vom Herzen. Was bin ich froh!« rief Karoline, flog dem Erfinder begeistert auf die Schulter, schnäbelte ihn so zärtlich wie sie nur konnte und rief: »Wirklich! Alle Achtung, Herr Grips. Sie haben nicht nur Köpfchen, Sie sind auch eine Seele von einem Menschen.«

So verließ denn Karoline mit ihren Getreuen das windschiefe Häuschen. Sie flogen über dem schiefen Schornstein eine Abschiedsrunde zu Ehren von Waldemar Grips. Dann machten sie sich auf den Heimweg nach Klappershausen.

Der alte Grips aber kehrte in seine Küche zurück, verspeiste mit einem Seufzer das letzte Stück Knoblauchbrot und sagte zu seinen Goldfischen: »Mein Knoblauch für das nächste Jahr ist futsch. Aber hier geht es nicht nur um Knoblauch, sondern auch um die Gerechtigkeit.«

Eine wundersame Überraschung

Ein klein wenig Hoffnung, daß die verschwundenen Verse wiederkämen und das Rätsel gelöst würde, keimte in Fita auf, nachdem sie Karolines Zettel gelesen hatte.

Ich darf auf keinen Fall den Kopf hängenlassen, redete sie sich selber zu. Dann krempelte sie die Ärmel hoch, wusch die große Familienwäsche und hängte die vielen Laken, Kopfkissen, Bettbezüge und Tischtücher im Garten auf die Wäscheleine.

»Neuigkeiten! Neuigkeiten!« erscholl es plötzlich aus dem Ahorn. Es war der Eichelhäher, der die Nachricht erhalten hatte, daß die Nachtigallenschwärme den Rückflug angetreten und die Richtung nach Sarabanda eingeschlagen hätten.

Fita durchfuhr es wie ein Blitz. »Jetzt ist es soweit. Die Vögel kommen. Wenn mir nicht auf der Stelle und augen-

blicklich das Lied wieder einfällt, ist es zu spät. Oh, wie rette ich nur die Vögel?«

Sie ließ die Wäsche Wäsche sein, die nassen Kopfkissen und Tischdecken fielen in das Gras, der Wind trieb die Taschentücher über die Wiese. Fita achtete nicht darauf. Mit aller Kraft sammelte sie ihre Gedanken und lauschte tief in sich hinein. Die Sehnsucht nach den verlorenen Worten überkam sie so stark, daß ihr davon beinahe das Herz zersprang. Sie schloß die Augen... Und plötzlich hörte sie klar und laut die Verse in sich klingen. Wie beim ersten Mal strömte und sprang das Lied, einem Lenzbach gleichend, fröhlich von ihren Lippen. Die Scharen der Vögel ringsum griffen es auf, sangen es vielstimmig und gaben es weiter von Schwarm zu Schwarm.

Oh, wie glücklich war da die Liederhexe. So glücklich war sie, daß die grüne Wiese unter ihren Füßen mit einem Ruck golden erstrahlte vor lauter blühendem Löwenzahn, daß Schmetterlinge in großer Zahl herbeiflatterten und sich ihr auf Haar und Hände setzten. Jede Pflanze des Gartens, das Gras, der grüne Fliederstrauch, der Holunderbusch, die zarten Erdbeerstauden, das Himbeer- und Brombeergebüsch, der kleine Pflaumenbaum verströmten üppig ihren Wohlgeruch. Jetzt wußte Fita es genau, sie spürte es durch und durch, daß die Kraft des Liedes und der Gesang der Vögel das magische Flötengetön Sarabos und seinen verderblichen Hokuspokus bezwingen würden.

Da ging sie still hinein in das altersgraue Haus, setzte sich an den Schreibtisch, ergriff den Federkiel und schrieb die Worte des Frühlingsliedes auf einen reinen Bogen Papier. Dort standen sie nun in deutlichen Buchstaben und konnten ihr nicht mehr entschlüpfen...

Frühlingslied

Wer kann am besten zaubern
auf Erden weit und breit?
Es ist der liebe Frühling
in seinem goldnen Kleid.

Fegt Schnee ganz ohne Besen
und kehrt den Winter aus,
dann heizt er ohne Kohlen
die Straße und das Haus.

Er schneidet ohne Schere
ein Stück vom Saum der Nacht,
damit ein bißchen früher
die Morgensonne lacht.

Weckt ohne Weckeruhren
mit kühlem Regenguß
die Mücken und die Schnecken,
den faulen Tausendfuß.

Braucht Farbe nicht und Pinsel
und streicht doch alles an:
die Wiese grün, die Veilchen blau
und gelb den Löwenzahn.

Aus seinem Ärmel schüttelt
er wunderfrisches Laub
und pudert sanft die Blüten
mit buntem Pollenstaub.

Dann baut er hohe Brücken
ganz ohne Holz und Stein,
die Regenbogenbrücken
aus zartem Lichterschein.

Wer könnt sich mit ihm messen?
Kein Zaubrer weit und breit.
Der Frühling sei gepriesen
in seiner Herrlichkeit.

»Unverhofft kommt oft. Es war aber auch höchste Eisenbahn!« Die Elster Karoline hatte vom Birkenzweig aus das glückliche Geschehen beobachtet und ließ sich nun fröhlich auf dem Fenstersims nieder, dazu die sieben Raben mit Stix und Pix.

Fita, der am Schreibtisch die Augen zugefallen waren, schreckte auf. Benommen schaute sie um sich. Als sie die getreue Elster erkannte, sagte sie zu ihr: »Du hast recht behalten, Karoline. Das Lied ist wiedergekommen.«

Mit Verwunderung hörte sie dann, was die Freunde ihr zu berichten hatten. Von Sarabos drittem heimtückischem Plan, von der Wortschluckermaschine und dem kauzigen Erfinder Waldemar Grips.

Fita faßte sich an die Stirn. »Nicht zu glauben!« sagte sie und erinnerte sich ihrer Wortsammlung in Heft 24: »Jetzt geht mir ein Licht auf. Der Groschen ist gefallen. Jetzt kann ich mir einen Vers machen aus dem Durcheinander.«

Drei Stunden später war Fita, auf ihrem Federkiel reitend, schon weit von Klappershausen entfernt. Mit Karoline, den sieben Raben, Stix und Pix flog sie, das neue Lied im Gepäck, nach Sarabanda, um dem Magier und seinen Söhnen das verderbliche Spiel zu durchkreuzen. Große Vogelschwärme begleiteten sie.

Wir müssen noch vor den Nachtigallen in Sarabanda sein, dachte Fita und trieb ihren Federkiel an, daß die Luft pfiff.

Unter den Flugreisenden aber spazierte der Frühling wohlgemut über Berg und Tal und schickte seinen süßen Blumenatem in die Welt. Wie er Flüsse und Bäche erklingen ließ, warmen Wind in die Wolken pustete und mit seiner goldenen Trompete Mensch und Tier ins Freie rief!

Hexe Fita winkte ihm zu. »Glück auf!« rief sie. Und die Vögel warfen ihre Lieder wie blanke Perlen in den schönen Tag.

Die magische Formel

In Sarabanda hatte Sarabo alle Vorkehrungen zum magischen Fest, dessen Höhepunkt die Nachtigallenjagd werden sollte, getroffen. Netze, Schlingen und Leimruten lauerten im Verborgenen. Die Häuser zeigten sich in Glanz und Prunk. Zwischen den künstlichen rosa Wolken über der Stadt segelten schillernde Luftschlösser, aus denen es Konfetti und Papierblumen regnete.

Die Einwohner reckten staunend die Hälse. Auf den mit Wimpelschnüren und Glimmergirlanden geschmückten Plätzen tanzten Gruppen von Eichhörnchen zierlich Ballett und wackelten im Takt mit Ohren und Schwänzen. Maskierte mit vergoldeten Stierhörnern an den Kappen und mit schellenbehangenen Kuhschwänzen an den Rockschößen marschierten

in Zügen durch die Stadt und entlockten ihren Trommeln ohrenbetäubendes Tschingdaradabumm. Gruppen dressierter Pudel, auf den Hinterbeinen laufend, schwangen Rasseln und Ratschen, ihnen folgten Rudel dicker Möpse, die auf Dudelsäcken spielten. An den Straßenecken brannten in Glutbecken Räucherfeuer, die betörende, sinnverwirrende Düfte verströmten.

Der Magier und seine Söhne erwarteten auf dem Dachgarten des Palastes die heimkehrenden Nachtigallen. Abwechselnd schauten sie durch ein langes Fernrohr und suchten den Himmel ab.

»Daß ihr mir ja nicht den Einsatz verpatzt!« sagte Sarabo mit Nachdruck zu seinen Söhnen. »Wenn ich die magische Formel spreche: Abracadabra perlicke perlacke! und dazu mit Daumen und Zeigefinger schnipse, ist es soweit. Dann blast ihr in die Flöten. Auf der Stelle! Ist das klar? Verpatzt ihr aber den Einsatz, dann landen die Vögel nicht in Sarabanda, sondern fliegen an der Stadt vorbei.«

»Verstanden. Wir machen das schon«, antworteten die Söhne und sahen auf den Horizont.

Der Tag neigte sich, als Primus, der eben das Fernrohr bediente, ausrief: »Da! Sie kommen! In dichten Schwärmen. So viel wie noch nie.«

»Laß sehen!« Sarabo schob Primus zur Seite und beugte sich über das Rohr. »Tatsächlich. Sie sind es!« rief er. »Nehmt die Flöten! Es geht los!«

Die Söhne griffen zu den Instrumenten und setzten sie an den Mund. Sarabo hob mit großer Geste beschwörend die Arme, schnipste Daumen gegen Zeigefinger und öffnete den Mund, um die magische Formel zu sprechen – Abracadabra perlicke perlacke. Doch es war wie verhext. Von seinen Lippen kam kein einziges Wort, kein Laut. Sprachlos, wie erstarrt, stand er mit erhobenen Armen vor den Flötenspielern, die verwirrt, jeder zu einem anderen Zeitpunkt, in die Flöten bliesen. Statt der bezaubernden magischen Klänge quoll eine ohrenzerreißende Katzenmusik aus den Instrumenten hervor, durch die die Sarabandianer Traum und Verzauberung abschüttelten und hellwach und quicklebendig wurden.

Was war mit Sarabo geschehen? Krampfhaft bewegte er die Lippen, zappelte mit Armen und Beinen, riß die Augen auf, daß sie ihm, groß wie Gänseeier, aus den Höhlen quollen. Es half alles nichts. Er hatte das Gefühl, als hätte ein Staubsauger ihm die Worte aus dem Kopf gesogen. Was sollte er tun? Das magische Fest war bis ins kleinste vorbereitet, die Nachtigallenschwärme befanden sich dicht vor seinen Netzen... Und nun sollte alles dahin sein, vorbei und umsonst? Wie sollte er ohne die Nachtigallen seine magischen Kräfte erneuern? Wehe dem, der mir diesen Streich gespielt hat, dachte Sarabo.

Plötzlich fiel ihm Waldemar Grips ein. Sollte etwa der alte Fummler und Knoblauchesser das Malheur verursacht und ihn in diese Patsche gebracht haben? Vielleicht hatte er sich über den niedrigen Preis geärgert, für den Sarabo ihm die Wortschluckermaschine abgehandelt hatte, und rächte sich nun an ihm? Wie, wenn Grips den Wortschlucker auf ihn, Sarabo, angesetzt hatte?

So wird es sein, dachte der Magier. Vor Wut wäre er am liebsten aus seinem glitzernden Trikot gesprungen.

»Diesen Doktoren, Professoren, Erfindern und Tüftlern von Einstein bis Siebenstein ist eben nicht zu trauen. Und den Knoblauchfressern unter ihnen schon gar nicht! Oh, Grips, wenn ich dich kriege!« schrie es in Sarabo.

Der Magier kam jedoch nicht dazu, seine Überlegungen zu Ende zu führen, weil er eine Entdeckung machte, von der ihm das Schlottern in die Knie fuhr. Aufgeregte Gruppen von Sarabandianern liefen, mit Stöcken und Steinen bewaffnet, zornig schreiend auf den Palast zu. Die dressierten Eichhörnchen hatten sich ihnen angeschlossen.

Allen voran kletterte Ricki auf die Brüstung des Dachgartens und rief den Einwohnern zu: »Kommt herauf! Hier stekken sie, Sarabo und seine Flötenspieler. In Seifenblasen wollten sie euch verwandeln und ins Luftschloß sperren. Jetzt ist ihnen mulmig zumute. Wie ihnen die Zähne klappern. Sie haben Dampf vor uns. Kommt, wir bewirten sie mit Stockfisch, aber ohne Butter!«

Der Magier und seine Söhne hatten weder auf Stockfisch noch auf Prügelsuppe Appetit. Sie sprangen auf die Alarmrutsche, die, für den Notfall gedacht, ihre Benutzer, flutsch, vom Dachgarten direkt in den Zauberkeller beförderte. Dort hing an einem goldenen Haken an der Wand der Knüppel im Sack.

Ich werd euch noch zeigen, wer der Herr von Sarabanda ist, dachte der Magier. Ihm und auch seinen Söhnen entging in der Aufregung, daß bei dem Rutsch in den Keller zwei blinde Passagiere mit von der Partie waren, und zwar niemand anderes als Stix und Pix.

Im Keller angekommen, riß Sarabo triumphierend den Sack von der Wand, wollte sagen: Knüppel aus dem Sack, aber auch diesmal verschlug es ihm die Sprache, so daß er, aufgeregt nach Luft schnappend, stumm blieb wie ein Fisch im Wasser. Seine Söhne standen wie die Ölgötzen dabei, denn Sarabo hatte sie in das Geheimnis des Knüppels nicht eingeweiht. Diesen Augenblick nutzten Stix und Pix, die, wie alle Schnüffelnasen, wieder einmal mehr wußten, als sie eigentlich

wissen durften, und, versteht sich, auch über den Inhalt des abgewetzten alten Sackes, der seit Jahren im Zauberkeller hing, bestens unterrichtet waren. Endlich war für die beiden Fledermäuse der Moment gekommen, da sie dem grausamen Magier seine Missetaten vergelten konnten, und sie riefen wie aus einem Munde: »Knüppel aus dem Sack!«

Ach, wie da der blanke Prügel aus dem Beutel fuhr und auf dem Rücken des Magiers spazierenritt. Auch die Söhne bekamen, was sie verdienten, und es klatschte und patschte, daß die Schwarten krachten.

Die Magier rannten zum Tor des Schlosses Fortissimo hinaus, direkt in die Arme der Einwohner Sarabandas, die sie mit allem bewirteten, was sie zur Hand hatten. Da landeten Tomaten und frische Hühnereier auf den fein frisierten Magierköpfen, Cremetorten und Eisbomben, Konfettischachteln und Knallfrösche. Es ging so lustig zu, daß Sarabanda vor Lachen widerhallte.

Nachdem die Magier Knallschoten die Fülle geerntet hatten, befahlen Stix und Pix den Knüppel wieder in den Sack. Sarabo und seine Söhne rannten, so schnell sie konnten, zur Stadt hinaus, in Richtung Puppolonien. Das Land Puppolonien aber liegt hinter einem dichten Wald, einem hohen Berg und einem tiefen Sumpf.

Die Liederhexe Fita, die inzwischen mit ihren Gefährten ans Ziel gekommen war, beobachtete, auf dem Federkiel fliegend, die Flucht des entmachteten Bösewichtes. Sie tanzte, ihrer Fröhlichkeit freien Lauf lassend, durch die Luft, wobei ihr viele Wörter aus Heft 23 ihrer Sammlung in den Sinn kamen, und sie rief: »Seht, er kratzt die Kurve. Er verduftet. Geh stiften! Gib endlich Fersengeld!«

Stix und Pix, Amsel Tini und Ricki aber befreiten die auf Schloß Fortissimo gefangenen Vögel, auch Zita und Zensi, die Amselgeschwister, waren dabei, und setzten in der Stadt schleunigst alle Vogelfallen außer Betrieb, was eine äußerst schwierige und gefahrvolle Arbeit war, während die Hexe Fita mit ihren Gefährten den heimkehrenden Nachtigallen entgegenflog.

Was war das für ein Zwitschern und Singen, Frohlocken und Jubeln, als die Schwärme sich in den Wolken begegneten. Ungefährdet landeten die Vögel auf den goldenen Dächern von Sarabanda. Dicht bei dicht saßen die Nachtigallen auf Firsten, Dachrinnen und Schornsteinen, auf Laternenmasten und Leitungsdrähten. Die kleinen grauen Sängerinnen öffneten die Schnäbel und sangen das neue Frühlingslied, das Fita ihnen geschrieben und mitgebracht hatte. Ihr ganzes Glück darüber, daß sie am Leben waren und sich der Welt und des

Frühlings erfreuen durften, die Dankbarkeit, die sie für ihre gefiederten Gefährten und für die Federkielhexe empfanden, legten sie in den Gesang.

Das Lied schwebte auf unsichtbaren Flügeln über das Land und war weit zu hören. Es holte Sarabo und seine Söhne ein auf ihrer Flucht nach Puppolonien. Jeder Ton traf die Magier schmerzhafter als der Zauberknüppel aus dem Sack. Sie hielten sich die Ohren zu und rannten, was das Zeug hielt.

In Sarabanda aber versammelten sich die Einwohner in den Straßen, lauschten den reinen, klaren Klängen und atmeten befreit auf.

Und was tat die Liederhexe? Sie saß versteckt in der grünen Krone eines Süßkirschenbaumes und hörte dem Nachtigallenkonzert zu. Ihre Nase war gelb vom Blütenstaub und ihre Wangen rot vor Glück.

Die Abenteuer fangen erst an

Am nächsten Tag herrschte Aufbruchstimmung in Sarabanda. Der Nachtigallenschwarm teilte sich, und die einzelnen Gruppen flogen in verschiedene Richtungen des Landes, um die vertrauten Nistplätze aufzusuchen. Auch Fita begab sich mit ihren Freunden auf die Reise nach Klappershausen.

Es war an einem Sonntagmorgen, als das fliegende Völkchen den Garten und das altersgraue Mietshaus in der Besenstraße erreichten. An den Apfelbäumen platzten gerade die weißrosa Blüten auf, und der Ahorn hatte sich über und über mit gelben puschligen Quasten behängt. Unter den rotblättrigen Haselsträuchern glommen wie blaue Funken die ersten Veilchen. An jedem Blatt, an Blumen und Halmen, auch am verdorrten Geäst schimmerten die kleinen Perlen des Morgentaus.

Fitas Familie ließ es sich in der morgendlichen Frische des Gartens wohl sein: Klaas bestreute die Gartenwege mit gelbem Kies, Onkel Paul hackte und harkte die Rosenbeete, und Ali putzte den Chrom seines Mopeds frühlingsblank. Auf dem Schuppendach sonnte sich wärmehungrig Kater Oldi, Hundefrau Lilli aber lag träge vor ihrer Hütte und träumte.

Im weißen Kopftuch, in den Händen eine volle Schüssel, trat Babuschka zur Verandatür hinaus und rief, als sie Fita erblickte: »Die Frühstückspasteten sind fertig. Duften sie nicht wunderbar?«

Als die Familie im Garten versammelt war, Kaffee mit Sahne trank und die Pasteten schnabulierte, taten sich auch die Vögel ringsumher an den Leckereien des Frühlings gütlich. Sie scharrten, pickten und schmausten, wobei sie über den Bau der neuen Sommernester schwatzten. Im Tannenwipfel aber saß Karoline mit ihrem Elsterich Karl, und auch sie rätschten und tratschten, was das Zeug hielt.

»Wo sind eigentlich Stix und Pix?« fragte Karl seine Frau.

»Keine Ahnung«, antwortete die kluge Elster. »Allerdings, wenn ich es mir recht überlege...« Sie unterbrach ihren Satz, verzehrte ein Stück gefüllter Pastete und sprach: »Ich wette mit dir um eine Glasmurmel, daß Sarabo versucht, seine Scharte auszuwetzen. Puppolonien ist nicht aus der Welt... Wer weiß? Vielleicht sitzen die unverbesserlichen Naseweise irgendwo und hören das Gras wachsen...«

Inhalt

In Fitas Garten
Seite 5

Ein verrückter Morgen
Seite 8

Die neue Liederhexe
Seite 10

Professor Pencilpick wundert sich
Seite 14

Amsel Tini in Sarabanda
Seite 18

Magische Spiele
Seite 24

Heimkehr
Seite 32

Gewitter im Palast
Seite 34

Überraschungen zum Geburtstag
Seite 37

Gedichte und Kartoffelpuffer
Seite 44

Der Ausflug
Seite 48

Sarabos zweiter Plan
Seite 53

Der Sonntagsflohmarkt
Seite 59

Der Doppeltausch
Seite 65

Feuerzauber in Sarabanda
Seite 73

Der Wortschlucker
Seite 81

Knoblauch und Gerechtigkeit
Seite 87

Eine wundersame Überraschung
Seite 91

Die magische Formel
Seite 96

Die Abenteuer fangen erst an
Seite 103

Neue Geschichten von der Federkielhexe sind in Vorbereitung

Hier ein Blick in das Manuskript und in das Land Puppolonien:

Das Land Puppolonien lag zwischen drei hohen Bergen, dem Hütli, dem Hörnli und dem Weißbuckel. Die kleinen einstöckigen Häuser klebten fest an den steilen Hängen, so als wären sie aus ihnen hervorgewachsen, und trugen heruntergezogene schindelgedeckte Dächer, die großen Hüten glichen. In jedem Haus gab es eine geräumige Stube mit blankem Kachelofen, mit Küchenecke, Tisch, Bank, Sofa und Tellerbrett, und auf den Simsen standen Töpfe, in denen Fleißige Lieschen rosa und hellblau blühten neben prunkenden gelben Pantoffelblumen. Dort lebten die Puppolonier, ein heiteres, emsiges Völkchen, gesellig und freundlich gegen jedermann.

Über den sonnigen Weißbuckelhang, der sich hinter dem Ufer des klaren Kratersees erhob, breitete sich ein fruchtbares Feld, auf dem die Zaubermelone wuchs, eine wundersame Pflanze, die den Puppoloniern Jahr um Jahr reiche Ernte gab. Der herrschaftliche Gärtnermeister Pepo wässerte und pflegte sie, und er hatte ein Auge darauf, daß sie immer zur rechten Zeit geerntet wurde. Das Gärtnerhaus stand am Rande des Feldes. Darin wohnte der alte Pepo zusammen mit seinem Freund, dem Glasklingelböckchen, das zwischen Kachelofen und Sofa auf einer duftigen Heublumenschütte sein Lager hatte.

Im Schuppen neben dem Gärtnerhaus krähte der weiße Hahn. Die Hühner hoben die Köpfe und gackerten verschlafen. Das Glasklingelböckchen stand von seinem Lager auf, schüttelte den langen Seidenbart, in dem viel zierliche Glasglöckchen hingen, die auf der Stelle zu zirpen und zu singen begannen. Pepo erwachte, reckte und streckte sich, sagte »Guten Morgen, Klingelbart!« und stieß die Fensterläden auf. Grad erhob sich die Sonne über dem Hörnli und schüttete auf Kratersee, Weißbuckelhang, Melonenfeld und Schindelhütten ihren rotgoldenen Glanz.

»Meckmeh! Guten Morgen!« antwortete das Glasklingelböckchen und ließ den schönen Bart so kräftig musizieren, daß alle Fensterläden im Tal aufsprangen.

Gärtnermeister Pepo sog prüfend die Luft durch die Nase und sagte: »Es duftet nach Ernte. Drei Tage noch. Dann ist die Melone zuckersüß.«

Nachdem Pepo das weiße Fell des Böckchens gestriegelt, ihm eine Schüssel mit Almkräutern vorgesetzt und es mit frischem Wasser getränkt hatte, aß er selber ein Stück schwarzes Brot, schöpfte sich eine Kelle grüngoldenen Melonenhonigs aus dem Steintopf und trank den Frühstückshenkeltopf voll heißer Milch leer.

»Nun gehen wir aufs Feld«, sagte das Böckchen fröhlich und sprang zur Tür hinaus.

Meister Pepo holte die Hacke aus dem Schuppen und folgte ihm.

Auf dem Weißbuckelacker lag ein dicker Kugelberg, fast so groß wie ein puppolonisches Haus, dunkelgrün mit weißen Streifen, umgeben von großblättrigem Gerank, das sich dicht über den Berghang breitete. Pepo kletterte auf die Leiter, holte das Bandmaß hervor und maß die Höhe der im Frühlicht glänzenden Fruchtkugel.

»In der Nacht ist sie um drei Daumenlängen gewachsen«, sagte er.

»Sie schafft noch mehr. Noch dreimal drei Daumenlängen!« rief das Böckchen. Und während Gärtnermeister Pepo das Feld hackte und begoß, sprang das Böckchen um die Kugel herum, klingelte mit dem Bart und sang:

Klinglingmeckmeh!
Wachse und werde
aus Tau, Luft und Erde,
aus Sonnenschein.
Vor Hagel und Sturm,
Schnecke und Wurm
sei gefeit
alle Zeit.
Klinglingmeckmeh!

ISBN 3-358-01222-0

1. Auflage 1989

Lizenz-Nr. 304-270/50/89
Gesamtherstellung: Grafischer Großbetrieb Sachsendruck Plauen
LSV 7521
Für Leser von 9 Jahren an
Bestell-Nr. 633 002 1
00980